アラビアン・ハーレムナイト

〜夜鷲王の花嫁〜

ゆりの菜櫻

white heart

講談社X文庫

目次

イラストレーション／兼守《かねもり》美行《みゆき》

アラビアン・ハーレムナイト

～夜《や》鷲《しゅう》王《おう》の花嫁～

◆プロローグ◆

見上げると、ロンドンでは珍しいほどの雲一つない真っ青な空が広がっていた。

長い冬を越えて春、そして初夏という華やかな季節を迎え、待ちかねたと言わんばかりにイギリスでは多くのイベントが開催される。そして人々はそのイベントを大いに楽しみ、美しく短い夏を謳歌《おうか》するのだ。

ロンドン大学に留学中の佐倉律《さくらりつ》は、卒業を控え、四年間の留学生活をいよいよ終えようとしていた。

そんな中、今日はリドワーンとアニーサとロンドン名物の祭典の一つ、ウィンブルドンのテニスの試合を観《み》に来ていた。

リドワーン・ビン・サディアマーハ・ハディル。デルアン王国の第七王子だ。そしてアニーサは彼の実の姉で、二人とも正真正銘、王族である。ちょっとした偶然が重なり、律は彼らと親友になり、最近一緒に行動をすることが多かった。

ウィンブルドンでは、テニスコートの席が取れなかったファンのために、会場の中にある芝生の広場に大きなスクリーンが置かれ、特に注目されている試合を生中継している。律はそれをぼうっと眺めながら、ロンドンの初夏を楽しんでいた。

「律、ほら」

声に顔を上げると、リドワーンが炭酸水を律に差し出してきた。

「ありがとう、リドワーン」

礼を言って冷たいそれを受け取る。炭酸水は律が好きなメーカーのものだ。すぐ傍《そば》の売店では売っていなかったので、たぶん、律のために遠くの売店まで買いに行ってくれたのだろう。

「さっき、女性二人組に声を掛けられていなかった？」

リドワーンはその魅力的な容姿のせいで、よく女性にアプローチされている。今日もリドワーンが見知らぬ女性たちに声を掛けられているのを、律はここから遠目に見ていた。

「ああ、何か言われた気もしたが、急いでいたから相手にしなかった。律、もしかして、彼女らのどちらかが気になったのかい？」

「いや、そうじゃないけど、相変わらず君はもてるなって思って」

「知らない女性にもてても、困るだけだ」

リドワーンはさらりと、どうでもいいように言うと、そのまま律の隣に座り、試合が映し出されているスクリーンに目を向けた。

「律、今、誰の試合？」

「サージャス。地元、イギリス人のプレイヤーらしいよ」

「ああ、だから盛り上がっているのか……」

スクリーンの前では大勢の人間が歓声を上げ、イギリス人のプレイヤーを応援している。まだ一回戦で、しかもあまり有名ではない選手だ。だが、地元出身となると観客の熱の入れようが違う。ちょっとした有名プレイヤー並みの盛り上がりだった。

「イチゴ、食べるか？」

リドワーンがカップに入ったイチゴを差し出してくる。生クリームがたっぷりかかっている、ウィンブルドン名物『ストロベリー・クリーム』だ。

「一つ、貰《もら》うね」

「ああ、幾つでも食べろ」

「サンキュ」

遠慮なく小さなスティックに真っ赤なイチゴを刺して口に運ぶ。

「う、酸《す》っぱい……」

「ほら、律。クリームをたっぷりつけろよ」

イギリスのイチゴは日本のイチゴより酸っぱい。この甘い生クリームをつけて食べるとちょうどよいが、日本の感覚で食べると酸っぱさに顔を顰《しか》める羽目《はめ》になる。

「あれ？　律、髪に何かついているぞ」

律がもう一つ、今度は生クリームをたっぷりつけてイチゴを頬張《ほおば》っていると、リドワーンが律の髪の一房を摘《つ》まんだ。

「さっき芝生に寝転がっていたから、草でもついたかな……」

そう言いながらリドワーンの顔を見ると、彼の澄んだ美しい黒い瞳《ひとみ》が近づいてくる。

え？　キスされる――――？

どうしてか、そんなことを思ってしまった。しかも律もキスを拒もうともせず、瞼《まぶた》を閉じそうになる。その時だった。

「律、リドワーン！」

いきなり声を掛けられ、二人とも反射的に躰《からだ》を離す。そのまま声のしたほうへ視線を向ければ、長袖《ながそで》のワンピースを着て、可愛《かわい》らしいピンクのヒジャブに色鮮やかなブローチをつけたアニーサが、こちらもストロベリー・クリームを片手に歩いてくるのが見えた。

「そんなところにいたのね。探したわ！」

アニーサはそう言いながら、律とリドワーンの間に無理やり座ろうとした。二人ともアニーサのために間を空ける。そして二人とも何もなかったかのように振る舞った。

「姉上、ストロベリー・クリームが欲しかったのなら、言えば一緒に買ってきたのに。どこへ行ってたんだ」

「あら、自分で買うのも楽しいでしょう？　国に帰ったら、また王女、王女と言われて何もさせてもらえないわ」

「させてもらえないのではなく、姉上がしないいんじゃないのか？」

「あら、私に歯向かうの？」

「いいや、その通りだ。姉上」

姉弟の微笑《ほほえ》ましいやりとりを見ながら、律は先ほどのことを考えていた。

さっきのは……何だったんだろう……。

キスをされそうだと思ったのは、気のせいだったんだろうか――？

「律、あちらのショップでイチゴ柄のティーカップを売っていたの。お揃《そろ》いで買わない？」

アニーサがいきなり声を掛けてきて、律は我に返る。

「えっと……ティーカップ？」

戸惑っているとリドワーンが助け舟を出してくれた。

「姉上、律に我儘《わがまま》を言わないでくれないか」

「あら、とっても可愛かったのよ。いっそのこと、リドワーンもお揃いにする？」

アニーサの楽しそうな声に、律も気を取り直した。先ほどのことは何かの思い違いだ。

そう自分に言い聞かせ、律は二人の会話に入ったのだった。

I

四年後――。

とうに立秋は過ぎたというのに、未《いま》だ熱を孕《はら》む太陽を、佐倉律《さくらりつ》はきつく睨《にら》み上《あ》げた。

日本から秋という季節がほとんどなくなって、どれくらい経《た》っただろう。

子供の頃は『読書の秋』、『食欲の秋』などと言って、秋を子供ながらにも感じていた。

だが、最近はずっと暑くて、ある日突然寒くなるという経験ばかりしているような気がする。

律は、十月になっても暑い気候に辟易《へきえき》しつつ、営業先から会社へ戻った。自社ビルに入る際、正面玄関に黒光りする高級車が横付けされているのに気づく。社長である父に来客だろうか。

気になりながらもエントランスにある受付の前を通った途端、頭上から声が掛かった。

見上げると、兄で営業本部長でもある修一郎《しゅういちろう》の姿があった。

「おい、佐倉、第一応接室に来てくれ」

エントランスは吹き抜けのロビーになっているので、二階から直接ロビーに声が掛けられるのだ。

「あ、はい。急ぎですか？　佐倉営業本部長」

「ああ、至急だ」

「では、一度部署に戻ってから、すぐに参ります」

「ああ、すぐに来てくれ」

修一郎は難しい顔をして告げると、そのまま背中を向ける。兄にしては少し慌てているような気がして、律は何か大きな問題がこの『ブラッサム』で起きていることを感じた。

今年入社四年目の律は、日本の大手文具メーカー『ブラッサム』の社長令息、三男である。長兄の修一郎は父の跡を継ぐべく、他社で経験を積んだ後、現在営業部の部長を、次兄の隼人《はやと》は開発部のプロジェクトリーダーを務め、父が社長を務める『ブラッサム』を守《も》り立てている。

律は父親に似た兄たちとはタイプが違い、母に似て華奢《きゃしゃ》で、可愛《かわい》らしい顔立ちだ。そのため父や兄たちが少し過保護気味で、まだあまり大きなプロジェクトに関《かか》わらせてもらっていなかった。

明治創業の文具店は、最初は数人で始まったが、大正、昭和、平成、令和と時代が進むうちに、今や二千人の従業員を抱える大会社へと成長していた。

同族会社ということもあり、同僚からは少し遠巻きに扱われているが、それでも律は今の仕事にやりがいを感じている。それに父からは親の七光りだと思われないように、しっかり仕事をしろと言われているし、社員の前で、仕事ができなかったら息子でもクビにする、とも公言されていた。

息子だからこそ逆に厳しい。そして社員の目も厳しい。きちんと仕事ができなければ誰もついてきてはくれないのだと、律も日々肌で感じていた。

そんな中で、こんな目立つエントランスの受付前で声を掛けてきた兄の様子が気になる。

何もなければいいけど……。

律は急いで部署に戻り、上司へ報告を終えると、すぐに第一応接室へと向かった。

「失礼します」

ドアをノックし応接室へと入ると、部屋には父と兄二人、そしてアラブの民族衣装を身に纏《まと》った男が三人、テーブルを囲んで座っていた。

え……？

思わず律が足を止めると、一人の男が立ち上がった。

「ご無沙汰《ぶさた》しております。律殿」

「な……タリーフさん、どうしてここに……」

そう言うのが精いっぱいだった。それ以上何も言えず立ち尽くしていると、父が声を掛けてきた。

「律、座りなさい」

父は社内ではめったに息子を名前で呼ばない。だが、今、敢《あ》えて律の名前を口にしたことで、これはビジネスの話ではないと、遠回しに伝えてきた。そして律もタリーフの顔を目にした時から、プライベートな話であることを予感する。

何故《なぜ》なら彼、タリーフは、元妻アニーサの弟、リドワーンの従者であるからだ――。

実は律はバツイチだ。大学を卒業して八月にアニーサと結婚し、そしてその半年後の二月にはスピード離婚をしたという経歴を持つ。

アニーサと夫婦関係だった時に、このタリーフともよく言葉を交わしていたのだ。

律は父の声にどうにか頷《うなず》くと、空いている席に座った。すると父が珍しく気遣うような口調で話し掛けてきた。

「実は律、落ち着いて聞いてほしいのだが、アニーサ王女が、一ヵ月前に交通事故で亡くなられたそうだ」

「え？　アニーサが？」

この四年近く、ほとんど聞くことのなかった彼女の名前に、律の心臓が大きく鳴る。

「今日、タリーフ殿は、お前にわざわざ知らせにお越しくださったのだ」

律は父の声に、もう一度タリーフに視線を向けた。するとタリーフは神妙な顔つきで、話し始める。

「律殿、ご連絡が遅くなり申し訳ありません。既にアニーサ王女の葬儀は終わっているのですが、短い間だったとはいえ、一度は王女の伴侶《はんりょ》であられた律殿には、やはりお耳に入れておいたほうがいいのではないかと、遅まきながら、ご連絡に参りました次第でございます」

アニーサ・ビント・サディアマーハ・ハディル。アラブの一国デルアン王国の王女でもあるのが律の元妻だった。

日本の文化に憧《あこが》れていたアニーサと出会ったのは、ロンドン大学への留学が終了する間近の頃だ。

そして律の卒業と同時に、アニーサは追い掛けるようにして日本へやってきて、彼女からの猛アタックによって結婚した。その際、アニーサがデルアン王国の国王の反対を押しきって日本に嫁いだこともあり、一時的に父である国王と険悪になり、彼女と律はデルアン王国とは絶縁状態になっていた。

それでも二人は愛があれば一緒に生きていけると信じていた。だがそれもすぐに終わりを告げる。

半年も経たないうちに、いきなりアニーサが国へ帰り、呆気《あっけ》なく二人の新婚生活は破綻《はたん》したのだ。

それなりに幸せに暮らしていたと思う。だが彼女にとっては、日本での暮らしは思っていたのとは違っていたようだった。

結局、アニーサが帰国した後、デルアン王国の国王から王女の身勝手な行動に対して謝罪があり、正式に離婚することになった。律も彼女が離婚することで幸せになれるなら、それでいいと納得し、了承したのが三年以上前の話だ。

今思うと、あの半年間は夢のような時間だった。よくも悪くも現実味がないのだ。本当にアニーサと結婚していたのだろうかと思うほどである。

強烈な、嵐《あらし》のような激しさを持った女性だった。その彼女がまだ若いのに亡くなってしまったことが俄《にわ》かには信じられない。

「こちらから離縁を申し出た手前、大変お願いしにくいのですが、どうか、一度我が国へお越しくださいませんでしょうか。そしてアニーサ王女を弔《とむら》ってはいただけませんでしょうか」

「アニーサを弔う……」

デルアン王国に対して、律には未だ苦手意識のようなものがあった。そのため、あまり関わりたくない国でもある。

「はい、王女もいろいろありましたが、時々は律殿のことも口にされていましたから、事故に遭《あ》われたりしなかったら、いつかお会いになるつもりもあったかもしれません」

『律――』

まだ恋人同士だった頃のアニーサの嬉《うれ》しそうな表情が律の脳裏《のうり》に浮かび上がる。

彼女がもうこの世にいない――？

律は軽く頭を左右に振った。

「タリーフさん、僕は既にアニーサと別れた身です。いまさら、彼女の墓へ参ったところで、そちらの王家の皆様もあまりいい顔をされないと思います。とてもデルアンへは行けません」

「律殿――」

タリーフが悲壮な表情を浮かべて律を見つめてくる。

「律殿、どうかアニーサ王女の心無い行為をお許しいただきたいのです」

「アニーサについては、彼女だけに非があったとは思っていません。きっと僕にも問題があったのです。だからお気になさらないでください」

「律殿はそう仰《おっしゃ》いますが、デルアンの王族の方々の中には、元妻の墓参りをされぬのは、やはりこちらに落ち度があり、律殿がデルアンを憎々しく感じているからではないかと勘《かん》繰《く》る方もいらっしゃいます。何卒《なにとぞ》、一度、お顔を出してはいただけないでしょうか」

「はぁ……」

王族というものは厄介なのかもしれない。アニーサからの一方的な離婚の申し出に対しては、デルアンでも騒動になったようで、後日、国王からも謝罪を受けたほどだった。それゆえに、あちらにとっても律はあまり触れたくない過去のはずだと思っていた。そう察した上で、なるべくデルアン王国と関係を持たないようにしているのに、そんな風に深読みをされるとは考えてもいなかった。

あまり行きたくない――。

本心だ。確かにアニーサの墓には一度は行くべきであろう。だが、一人、律には顔を合わせられない人がいた。

リドワーン・ビン・サディアマーハ・ハディル。

デルアン王国第七王子にして、アニーサの実弟に当たる青年だ。律より四つ年下で、ロンドン留学中にはとても親しくしていた。

優しく、律のサポートをさりげなくしてくれた彼は、その容姿も優れ、女性からのアプローチが絶えない男であったが、いつも律を優先してくれていた。

そのリドワーンが結婚に反対していたのを振りきってアニーサと結婚をしたというのに、わずか半年で離婚したのだ。彼に合わせる顔がなかった。

リドワーン……。

彼と最後に会ったのは四年前だ。律がロンドンから日本へ戻ってきてすぐだった。リドワーンが日本へ遊びにきて、二週間ほど一緒に過ごしたのである。とても楽しかったがために、余計彼に対して申し訳なさが募《つの》った。

あの後、リドワーンと入れ替わりにアニーサが家出同然で律に求愛をしに日本へやってきて、律は彼女の情熱に負けて受け入れ、彼女と結婚した。

国王である父はもちろん、リドワーンやその他の親族の反対も押しきって結婚したため、アニーサはデルアン国王から事実上勘当され、律もリドワーンとはそのままになってしまったのである。

未だに彼から連絡がないのは、アニーサを幸せにできなかった律に対して、怒りが収まっていない証拠だろう。そして律もまたリドワーンに連絡をとる勇気がなく、ずるずると月日だけが経っていた。

まだ会う勇気がない……。

そう思っていると父がいきなり口を開く。

「実はお前が来る前にタリーフ殿と商談をしていたんだが、デルアンの首都、デュアンにうちの支店を出す計画がある」

「支店……ですか？」

アラブ諸国でも日本の文具は大変な人気で、うちの会社も以前から機会を窺《うかが》っていたことは知っていた。

「ああ、今回、その商談も兼ねてタリーフ殿はいらしたのだ」

「貴社が、もし我が国に出店していただければ、保証人はこちらで用意させてもらいますし、保証料も特例でいただきません。よい出店場所を探すお手伝いもさせていただきます」

「え？」

デルアン王国では外国人が働くためにはデルアン国籍の保証人と保証料が必要で、そのどちらが欠けても仕事ができないことになっていた。そのため出店する際にいろいろとハードルが高くなるのも、この国の特徴である。もちろんその面倒さを上回るメリットがあるのも確かであった。

しかし今回は保証料もいらないというのだ。出店をするなら、今が最高のタイミングだろう。

「国王陛下もアニーサ王女のなされたことを憂慮され、『ブラッサム』出店については心を砕いておいでになります。どうぞ律殿、商談のついでで構いません。王女の陵墓へ一度お越しくださいませ」

「ですが……僕はまだ一介の営業マンですし……」

どうやって断ろうかと頭を巡らせていると、父がとどめを刺してきた。

「それについては、今回、お前をプロジェクトのリーダーにしようと思っている。お前もそろそろ一つ大きな仕事に携《たずさ》わったほうがいいだろうからな」

「え……」

父の提案に、思わず助けを求めるかのように兄たちの顔を見るが、兄たちは父の言葉に異存はない様子だ。その通りだとばかりに頷いていた。

「私も父さんの意見に賛成だ。律にも大きな仕事をさせるべきだな」

「修一郎兄さん……」

「確かに律も二十六歳になったんだから、そろそろ周囲に力を認めてもらう時期かな」

「隼人兄さんまで……」

二人の兄に言われては、律も反論が難しい。承諾するしかなさそうだ。律は小さく溜息《ためいき》を吐《つ》いて口を開いた。

「わかりました。まずはデルアン王国で『ブラッサム』の文具が本当に通用するかどうか、視察に出掛けるというのはどうでしょう。具体的なプロジェクトはその視察の結果で立ち上げてもいいかと」

そう告げると、父や兄たちの笑う顔が目に入った。律から案が出るのを待っていたのだろう。どうやら上手《うま》く乗せられたらしい。

だがこれも考えようによってはよかったのかもしれない。

妻であったアニーサの墓には一度行かなければならないだろう。それに思いは複雑ではあるが、絶縁状態になっているリドワーンの今の様子も知りたかった。

律の希望ではなく、どうしてもデルアン王国に行かなければならない『理由』ができたことは、行きづらかったデルアンへの切符のようなものにも感じられた。

「デルアン王国で、日本の素晴らしい文具を紹介する場を設けましょう」

タリーフが嬉しそうに声を上げると、父が続けた。

「デルアン王国で販路を新たに獲得できるビジネスチャンスを、我々も確実に摑《つか》みたいと思います」

父が立ち上がり、タリーフと握手を交わす。

「律殿との縁も神の思《おぼ》し召《め》しです。過去には不幸な事件もありましたが、これからはお互いにウィンウィンの関係を築いていきたいと、我々も願っております」

「タリーフ殿側で我が社の文具を紹介していただける場を設けてくださるのなら、不肖の息子ですが、ぜひともお言葉に甘えさせていただきたいと思います。すぐにそちらに視察へ行く準備をさせましょう」

「大学にツテがありますので、まずはそこの学生に文具を紹介して反応を見ることはできますよ」

「それは頼もしいですな」

律を置いて次々と話が決まっていく。

兄弟三人で、曾祖父《そうそふ》から続いている文具メーカーを支えていこうと子供の頃から願っていたこともあり、律もできる限り父を助け、そのためにもデルアンの視察を成功させたいと思っていた。

「覚悟するか……」

律はきゅっと歯を食いしばった。

向き合いたくなかったアニーサとの過去。だがアニーサが亡くなった今、その過去に立ち向かう時がきたのかもしれない。

リドワーンとのわだかまりが少しでも解ければ、律も前に進める気がした――。

◆ Ⅱ ◆

車窓から見えるのは異国の景色だ。どこまでも続く青い空と砂の絨毯《じゅうたん》の向こうに、デルアン王国の王都、デュアンの高層ビル群が見える。

タリーフと東京で再会してから二週間後、律《りつ》はここデルアンの地にやってきていた。

空港ではタリーフが出迎えてくれたが、そこにリドワーンの姿はなかった。

いなくて当然であるが、もしかしたらこの四年間のわだかまりを解こうと、彼も思ってくれているかもしれないと、デルアンまでのフライトの間、少しだけ期待してしまったのだ。その分、彼の姿が見えなかった時は落胆した。

そんなに上手《うま》くはいかないか……。

大切な姉を幸せにできなかった元義兄に、リドワーンはまだ怒りを覚えているかもしれない。だが律もまたアニーサからの離婚理由がわからず、翻弄《ほんろう》されている一人だ。

アニーサはどうして結婚半年で離婚すると言い出して、あれほど嫌がっていた祖国へ戻ってしまったのだろう――。

もしかして実の弟のリドワーンなら、その理由を知っているかもしれない。

僕も罵《ののし》られる覚悟はできている……。それでも彼に尋ねたい。アニーサはどうして僕と離婚したのか、知っていたら教えてほしい。もしその理由を教えてもらえれば、反省して改めてリドワーンに謝罪したい。

ロンドン留学中、彼と過ごした時間は短いものだったが、それでも親友と呼べるほどお互い気が合い、一緒にいて楽しかった。

社会人になって、一国の王子である彼と学生の時のように親しくはできないとは思うが、それでも、彼とすれ違ったままでいるのは、『嫌』だった。子供のような感情だが、それが一番しっくりする言葉だった。

またいつか、どこかで出会う機会があった時には笑顔で挨拶《あいさつ》ができる関係に戻りたい。

決意を新たにして前を向くと、隣に座っていたタリーフが口を開く。

「アニーサ王女の墓を参られる前に、今からリドワーン殿下にお会いしていただこうと思います」

「リドワーンに……」

もしかして律に歩み寄ってくれようとしているのだろうか。再び期待が膨らむ。だが、

「一つ、大変言いにくいことでございますが、リドワーン殿下は、律殿の来訪をあまり歓迎されないかもしれません。ですので、一応お心積もりをしていただけたらと……」

「え……」

わかっていたことだが、実際、他人の口から聞かされると重みが違った。律の心に小さな棘《とげ》が刺さる。

「今回の墓参りの件は、多くの王族の方々がお望みでしたが、リドワーン殿下は、反対の立場をとっておられました。本日律殿に会うことは承諾されましたが、お会いしても、失礼な態度をおとりになるかもしれません。こちらからお呼びだてしたというのに申し訳ありません」

予想通りの内容に苦笑するしかない。

「いえ……。殿下が姉であるアニーサのことを大切にされているのは以前から知っておりましたし、殿下が反対されたのに、結局、僕はアニーサと結婚し、そして幸せにできずに離婚してしまいました。彼の怒りも尤《もっと》もなことだと思います」

「重ね重ね申し訳ありません、律殿」

「いえ、大丈夫です」

そうだ、大丈夫だ。もしリドワーンと和解できなくとも、当初の目的、アニーサの墓参りと、デルアン王国で好まれる文具の傾向を探るという仕事がある。こちらだけでも、きちんと全《まっと》うしたい。

それに――――。

それに、たとえどんな扱いを受けようとも、リドワーンの今の姿を目にしたかった。元気なら、それでいい。それ以上を求めるから傷つくんだ……。

あまり期待してはいけない。冷たくあしらわれようが、彼が元気でいる姿が見られれば、それでよかったと思うことにしよう。

心は打ちひしがれるが、それに気づかないふりをして、きちんと責務を全うするのが今の律に課されたことだ。

律は考えを変えて、いよいよ目の前に迫ってきた高層ビル群に視線を移した。

高層ビル群の間を真《ま》っ直《す》ぐ貫く、片側五車線ある広い道路を進む。見上げれば、高く聳《そび》えるビルのガラス窓に強い太陽の光が反射し、ここが日本でも欧米諸国のどこでもないことを思い出させてくれた。

デルアン王国の首都デュアンは、アメリカの世界的規模の大手ゼネコンが入り開発されたので、まったくもって近代的な都市である。頭上には美しいフォルムのモノレールが走り、日本よりもずっと洗練された街並みだ。

ビル群が濃い影を落とす道路を進むと、やがて高級住宅街らしき地域へと入ってきた。

タリーフによると、第七王子、リドワーンの住居となっている宮殿は、母君である第四王妃が以前住んでいた宮殿を改装したものらしい。そこに一ヵ月前まで姉であるアニーサと一緒に住んでいたということだ。

「では、今、リドワーン……殿下はお一人で住まわれているのですか？」

「あ……いえ、その……」

急にタリーフがしどろもどろになる。どうしたのだろうと彼の言葉を待っていると、車が止まった。それを幸いといった様子で、タリーフが声を上げる。

「おお、律殿、殿下の宮殿に到着いたしました」

なんだか誤魔化《ごまか》されたような気がしたが、リドワーンのプライベートなことを臣下が口にするのはタブーなのかもしれないと思い、追及をするのはやめた。

そうか……リドワーン、もしかして結婚しているのかもしれないな。

ふと一抹の寂しさを覚えた。だが四歳年下ということは、リドワーンは二十二歳だ。充分結婚している可能性はある。律が結婚したのも二十二歳の時だった。

もう昔の彼ではないということを、自覚しないといけないのかもしれない。

そう思った刹那《せつな》、律が乗っていた座席側のドアが外から開けられる。そこには使用人が立っており、律に車から降りるように促してきた。

律は四年ぶりにリドワーンと対峙《たいじ》することで、不安と期待が綯《な》い交ぜになった複雑な心を胸に、車から降りたのだった。

＊＊＊

リドワーンが窓から中庭を見下ろしていると、従者のタリーフが数人の人間と一緒にこちらへと向かってくるのが見えた。その中にすらりとした日本人の姿を捉《とら》える。

律――！

すぐに彼だとわかった。同時に胸がきつく締め付けられる。

真珠色の滑《なめ》らかな肌に、形の良いくるりとした美しい瞳《ひとみ》がきらきらと輝いていた。黒髪はしっとりと濡《ぬ》れたような艶《つや》やかなもので、以前、ロンドンで彼の髪に触れた時、その指通りの良さに感動したことを思い出す。

「っ……」

会いたかった。ずっと会いたくて堪《たま》らなかった。だが、会いたくもなかった。

会っても無視をし、冷たく当たろうという自分の決意など、彼を一目見ただけで簡単に崩れ去ってしまう。どんなに彼を遠ざけようとしても、リドワーンの心を簡単に奪い去ることができるのは今も昔も律だけだった。

律、変わっていないな……。

四年前、東京で彼と食事をしたのを最後に、彼とは会っていない。故意に彼の様子を耳に入れることもしなかった。

姉、アニーサと秘密の約束を交わしたからだ。

だが、こうやって律の姿を目にすると、とうに心の奥にしまい込んで二度と出てこないよう鍵《かぎ》を掛けておいた感情が、簡単に溢《あふ》れ返ってくるのを否めない。

愛している――――。

やはりこの想《おも》いはどんなに押し殺しても、自分の胸の奥で燻《くすぶ》っていたようだ。

「っ……」

視線を律から逸《そ》らして姿を窓から隠した。そして天井を見つめ、そっと瞼《まぶた》を閉じる。

そう――――、
初めて心から愛した人は、姉の恋人で、そして姉と結婚してしまった人――――。

ロンドンで初めて会った時から、リドワーンは律に運命的なものを感じ、恋に落ちた。

だがそれはアニーサも同じだったらしい。自分が女性であることを武器に、律を強引に奪っていった。そしてリドワーンの目を盗み、駆け落ち同然に日本で結婚し、わずか半年で離婚した。

半年で離婚――――。

その事実にリドワーンは打ちのめされた。

必死の思いで姉のために律を諦《あきら》めたのに、姉はリドワーンの心を弄《もてあそ》ぶかのように、簡単に律を捨てたのだ。

こんな結末になるのなら、もっと強引に姉から律を奪えばよかった。私だったら律をもっと大切にし、一生添い遂げるというのに――。

あの頃、何度そう思ったことだろう。律の幸せを願ったからこそ、身を引いたのがすべてあだとなった。そして先月姉が突然交通事故で亡くなったことにより、また嵐《あらし》が来ようとしている。

「律、まだ私の心をこんなに揺さぶるとは、まったくの誤算だ」

つい、自虐的な笑みを浮かべてしまう。

律をここに連れてくるべきではなかった。

実は、リドワーンは二週間前、タリーフと言い争ってしまった。理由は律をこの宮殿に連れてくることについてだ。

元々、義兄たちからもアニーサの元夫の律をこちらに呼ぶべきだと言われていた。そしてアニーサの子供に会わせるべきだとも幾度も言われ続けていた。

アニーサの子供――。

律と子供を会わせたくないために、義兄たちの言葉をずっと無視していたのを、タリーフに指摘されてしまったのだ。

側近でもあるが乳兄弟《ちきょうだい》でもあるので、昔から悪いことは悪いと真っ向から指摘してくれる男だ。そのため今回も律を連れてくる正当な理由を幾つも並べられ、押しきられてしまったのだ。

いつかは律と対峙しなければならない日が来ることは、リドワーンにもわかっていた。だが永遠に、その日が来ないことを祈っていたのも事実だ。

「リドワーン殿下、日本から律殿がいらっしゃいました。どうぞ謁見の間へお越しくださいませ」

ドアの向こうからノックの音と共に、使用人の声がした。リドワーンは静かに目を閉じた。

アニーサ、私を守ってくれ。私は姉上との約束を守ったのだから、最後まで私を守ってくれ、アニーサ――。

リドワーンは心の中で強く祈り、その足を一歩前に踏み出したのだった。

＊＊＊

乳白色の大理石の美しい回廊を律はタリーフに導かれて歩く。片側が中庭に面しており、光に溢れた美しい回廊だった。

そこから見える中庭には、水鏡のように周囲の緑を映し出している泉があり、暑い夏でも涼めるように工夫がされている。

でこぼことした天井は寄《よ》せ木細工《ぎざいく》で造られ、強い太陽の光で陰影をはっきりさせていた。回廊を支える柱にもアラベスク模様の透かし彫りがされており、さすが以前、第四王妃が住んでいた宮殿だけのことはあった。美しいイスラム建築を目にすることができる宮殿である。

しばらく歩くと、観音開きの大きなドアの前へ辿《たど》り着く。

「リドワーン殿下、律殿がお越しになりました」

タリーフの声に大きなドアが音もなく開いた。

あ……。

部屋の奥の一段高くなったところに、彼がいた。

さらりとした漆黒の髪、そして前髪から覗《のぞ》く、今はきつく眇《すが》められている目は、ロンドンではいつも優しく細められていたものだ。しなやかな躰《からだ》を覆う褐色の肌は、すらりとした彼をより美しく際立たせ、ハッと目を惹《ひ》く。

リドワーン・ビン・サディアマーハ・ハディル――――。

四年ぶりに目にした彼は、ずっと大人びた青年になり、その男ぶりを上げていた。

「殿下、佐倉《さくら》律殿が日本からお悔《く》やみに来てくださいました」

タリーフの声にリドワーンはまったく反応せずに、豪奢《ごうしゃ》なクッションが幾つも置かれているカウチにゆったりと座ったままだ。律のために指一本も動かしたくないという思いが伝わってくる。

　律はタリーフに促されるまま、一歩前へと進んだ。床に跪《ひざまず》くか悩んだが、日本風にお辞儀をして口を開いた。

「リドワーン殿下、ご無沙汰《ぶさた》しております。このたびはアニーサ王女のご不幸を耳にし、こちらへ参りました」

　やはりリドワーンからは何も返事はなかった。タリーフが事前に言っていた通り、彼の律に対する態度は芳《かんば》しくない。胸がチクリと痛むが、仕方ないと自分に言い聞かせた。

　リドワーンが元気なら、それでいい――。

　ここへ来るまでに何度も思ったことを、律は顔を上げた。彼と視線が合う。

　リドワーンの姿をもう一度見ようと、律は顔を上げた。彼と視線が合う。

　彼に会うのは、これで本当に最後かもしれない……。

　今のリドワーンの態度から考えれば、そうなっても不思議ではなかった。

　ロンドンで偶然、彼とアニーサに出会った時、こんな風に憎まれるような立場になるとは思ってもいなかった。

　感慨深くリドワーンの顔を見ていると、彼もまた同様に律をじっと見つめていた。刹那、律の鼓動が大きくドクンと反応する。同時に胸がじわりと熱くなった。

っ……リドワーン！

衝動的に彼の名前を口にしたくなるのを押しとどめる。これを最後にしたくないと願う自分がいるのだ。すると横からタリーフが切り出した。

「あと、アミン様をお呼びいたしております」

アミン様？

聞いたことのない名前だ。だが、その名前を聞いた途端、ここに来てから初めてリドワーンが声を上げた。

「タリーフ、お前、勝手に何を！」

昔と変わらない声に、律は懐かしさを覚えた。だが、

「ちちうえ！」

ほぼ同時に子供の声が謁見の間に響いた。律が声のしたほうを振り向くと、子供は足早に駆けてきて律の横を通り過ぎ、目の前のリドワーンの膝《ひざ》の上によじ登ろうとした。

「アミン、来客中だ」

リドワーンは冷たく言い放つが、その手はアミンの脇《わき》に添えられ、そっと自分の膝の上に乗せている。

その様子からリドワーンは律に対してこそ態度は冷たいが、中身は今も昔と変わらず、優しい男であることがわかった。

リドワーン……。

律の心に寂しさが増す。

「でもタリーフは来てもいいって言ってた」

アミンの言葉にリドワーンがタリーフを睨《にら》むが、タリーフは知らぬ顔で、そのまま律に説明をした。

「律殿、お伝え遅れましたが、こちらはアミン様とおっしゃいまして、アニーサ王女のお子様でいらっしゃいます」

「アニーサの⁉」

突然の事実発覚に、律は思わず大きな声を出してしまった。アニーサに子供がいたなんて初耳だ。思わずアミンに視線を移す。途端、律の心臓がきゅっと締め付けられた。

何故《なぜ》なら、アミンの顔立ちから日本人の血が流れていることが一目瞭然《いちもくりょうぜん》だったからだ。

褐色の肌は日本人の血を継いだのか、少し色味が薄いが、デルアン人らしく顔の彫りは深い。軽くカールしたような髪はふわふわとしており、くるりとした大きな瞳はどことなく律に似ていた。

「な……もしかして、その子は……」

自分の子……と口にしようとした時だった。リドワーンが今度こそ初めて律に言葉を掛けた。

「アミンは二歳だ」

二歳？

律はふとその年齢に疑問を抱いた。もしアミンが自分の子供なら、三歳にはなっているはずだ。別れて四年近く。もしその時に身ごもっていたとしたら、その子が二歳ということはない。

では父親は別の人間――？

律の疑問がすべて表情に出ていたのだろう。リドワーンが軽く鼻で笑うと、言葉を足してきた。

「姉上は離婚した後、しばらくしてこちらに住む日本人と結婚をした。アミンはその日本人との子だ」

「では、アニーサは再婚を？」

それも初耳だった。

「ああ、君とは離婚していたから、連絡を入れなかった」

君……。律のことをそう呼ぶリドワーンに距離を感じた。リドワーンは親しい人を、昔は『お前』とか名前で呼んでいた。

当たり前だが、律はもうその『親しい人』の中に入っていないのだ。

「……そうでしたか。知らなかったので、少々驚きました」

離婚したのだからアニーサの再婚に口出しする権利はないのだが、すぐに違う男と結婚をしていたことに少しだけショックを覚えた。律だけがずっとあの頃に縛られていたのかもしれない。

だが、アニーサは死ぬ直前までここでリドワーンと住んでいたとタリーフから聞いたところだったので、その再婚相手とも離婚をしたのだろうことが想像できた。

「ちちうえ、このかたはどなたですか？」

アミンの声に律は再び視線を上げた。

「こちらは、母上の昔の知り合いの方だよ。今日は母上のお墓に足を運んでくれるらしい」

「ははうえの？」

「ああ」

リドワーンがアミンに向かって愛《いと》おしそうに微笑《ほほえ》むのを目にし、律の胸は苦しくなった。

何だろう……この胸を締め付けるような感じは……。嫉妬《しっと》みたいな……。

もやもやした感情の意味がわからなかった。たぶんリドワーンに冷たく当たられてショックを受けているのかもしれない。

律はもう一度二人に視線を戻した。リドワーンが甥《おい》であるアミンをとても大切にしていることが見て取れた。

　もし、律とアニーサの間に子供が生まれていたら、アニーサも離婚をしようとは思わなかったかもしれない。そして結婚に反対していたリドワーンも、結局は二人の子に向かって、こうやって優しい笑顔を向けてくれていたかもしれない。

　夢はいくらでも膨らんだ。だが、それはどれも叶《かな》わない夢だった。

　律は小さく首を横に振る。

　アニーサが日本の生活が合わなかったのは確かなので、離婚したことは最良だったんだと、自分に言い聞かせた。

「そういえば、父上というのは……」

　ふとアミンのリドワーンの呼び方が気になった。

「アミンは私の甥だが、姉が亡くなったこともあり、先日、養子に迎え入れた。だからアミンには父上と呼ばせている」

　アミンの本当の父親はそれでよかったんだろうか、と疑問に思うが、リドワーンが引き取ったということは、亡くなったか、離婚してアニーサが親権を勝ち取っていたのかもしれない。プライベートなことなので、そこまで深く聞くことに躊躇《ためら》いを覚え、尋ねることができなかった。

「そう、だったんですか――」

いずれにしてもアニーサは祖国へ戻り、律と離婚したことで肩身の狭い思いをしていたわけではなさそうで、そこは安心した。

彼女には彼女らしく生きてほしいと願っていたから、生きている間に、第二の人生を謳《おう》歌《か》してくれたのなら、よかったと心から思う。

「では、殿下。今から律殿を、アニーサ王女の陵墓へとご案内して参ります」

タリーフがそう告げると、リドワーンの膝に乗っていたアミンがリドワーンを見上げ、口を開いた。

「ははうえのところへ行くの？」

「ああ、この方は母上に会いに来たのだからな」

その声に律は、リドワーンにも会いに来たんだよ、心の中で付け足す。するとアミンが元気よく宣言した。

「ぼくもははうえのところへ行く」

「え？」

「ははうえにあいさつをしてくる」

「アミン、私は今から仕事で出掛けないとならないんだ。母上のところへは行けない。また今度にしよう」

「大丈夫、タリーフがいるもん。タリーフに連れていってもらう。ちちうえは仕事へ行ってきて」

「アミン……」

リドワーンが困ったように眉根《まゆね》を寄せて、アミンを説得しにかかる。

「タリーフも仕事で忙しい。だから……」

「いえ、私は忙しくありませんし、律殿をお連れするのですから、一緒にアミン様をお連れすることは問題ありません。乳母《うば》にもすぐに用意させましょう」

まるでリドワーンがアミンを説得しようとするのを邪魔するかのようにタリーフが言葉を被《かぶ》せてきた。

「タリーフ」

リドワーンの叱責《しっせき》を含む声が響いたが、タリーフは知らぬ顔だ。律も何がどうなっているのかわからず、二人のやりとりを黙って聞いているしかない。するとタリーフがちらりと律に視線を移してきた。

「――それに、アミン様と律殿を一緒に連れていくことに、意味があると思います。間違っていますでしょうか、リドワーン殿下」

意味がある――？

それこそ意味ありげなことを言われて、律は改めてリドワーンに視線を遣《や》った。彼の視線とかち合う。彼の視線にどこか熱を感じ、律の鼓動が少し速くなった。

この感覚、前にもあった……。

ロンドンにいた頃、彼と一緒に観に行ったウィンブルドンのテニスの試合の日のことを思い出す。ウィンブルドン名物『ストロベリー・クリーム』を食べていた時に、ふと彼と見つめ合ったことがあった。

キスされる――――？

どうしてか、あの時の感覚が熱を帯びて律の記憶を刺激した。

こんな時に何を考えているんだ……。

頬《ほお》に熱が集まるのに気づかれたくなくて、視線を下に向ける。すぐに小さな溜息《ためいき》が漏れたのを耳にした。リドワーンだ。

「タリーフ、覚えていろ。わかった。アミン、乳母のマリサの言うことをきちんと聞くのだぞ。それからタリーフの言うことも、だ」

「はい、ちちうえ」

アミンが嬉《うれ》しさのあまり、小さな躰でリドワーンに力いっぱいしがみ付いた。その様子が可愛《かわい》くて、自然と律も微笑んでしまう。するとこちらを見ていたリドワーンが瞳をわずかに見開く。何かに驚いているような感じだった。

なに……？

律もそのままじっとリドワーンを見つめていると、彼がすっと視線を外す。そして何事もなかったかのようにタリーフに声を掛けた。

「タリーフ、彼に客間で待ってもらうように。アミンの用意をさせる」

「畏《かしこ》まりました。では、律殿、客間へご案内します。どうぞこちらへ」

タリーフに退室を促されるが、律はもう一度リドワーンを見た。彼はアミンと楽しそうに話している。律にはまったく興味がなさそうだった。

もうこれでリドワーンとは会えないかもしれない。そうならば、最後に何か言いたい。

「リドワーン」

必死過ぎて昔のように彼を呼び、殿下と言うのを忘れてしまった。だが彼はそれを咎《とが》めることなく、律に視線を向けてくれた。

「ありがとう、リドワーン……会ってくれて、ありがとう」

真っ白になった頭で言えた言葉は感謝だった。いろんなことを含め、謝らなければならないこともあるかもしれないが、どうしてか、リドワーンには感謝を伝えたかった。アニーサのことがあっても律の人生に色がついたのは彼に会えたお陰だ。楽しかった思い出の中には彼がいつもいる。

仕方ないにしても彼が今日、律に会ってくれたことにも感謝したかった。

リドワーンは口を閉ざしたままであったが、それでもこちらを向いてくれているのを目にしながら、律は一礼する。

「では、失礼します」

そして後ろ髪を引かれながらも、タリーフと共に部屋から出たのだった。


宮殿から車で十五分くらいのところに、王族の陵墓となる白亜の巨大モスクがある。面積は約百十万平方メートル、世界最大級の広さを誇るものだ。このモスクに隣接する敷地内に、代々の国王とその一親等の王族のみが埋葬されていた。

一般人は宮殿の入り口前の大理石の広場と実際に祈りを捧《ささ》げるモスクの中まで観光として入場することができるらしい。今日も大勢の観光客が詰め掛けていた。

律はアミンと、その乳母マリサと一緒にタリーフに先導されて観光客の合間をすり抜け、美しい門を通り抜ける。大理石で埋め尽くされた広場に一歩足を踏み入れると、コーランを読む声が響いていた。墓前では三百六十五日、二十四時間ずっとコーランが読まれているとのことだった。

磨かれた真っ白な大理石の床には大きな花の模様のモザイク画が描かれている。一つ一つが手の込んだ芸術品のようであった。靴で踏むのが申し訳ないほどである。

律は靴が汚れていなかったことに安堵《あんど》しながら、白い大理石の上を歩く。

そのまま観光客とは違う入り口へと連れていかれた。ここから先は関係者しか入れないエリアのようだ。

モスクであるので、観光客がいても案外静かであったが、ここからは人の気配もないせいか、静まり返った神聖な空気に満ちていた。

床と同じ白い大理石を使った壁には、無数の花や植物が半貴石を用いて装飾されていた。金で縁取《ふちど》られた白い柱はまばゆいばかりに輝き、アラベスク模様の透かし彫りが入ったドーム状の天井には豪奢なシャンデリアが飾られている。まさに白と金の世界だった。

エントランスの大理石の床には、植物をモチーフにした幾何学模様の手織りのペルシャ絨毯が敷かれており、後で聞いたところによると絨毯だけでも八億円はくだらないという話だった。

「すごい……」

絢爛豪華《けんらんごうか》とはこのことだろう。律はつい建築物に気を取られながら、中庭らしき場所へと出た。そこには幾つもの石棺が埋められているようで、その上には鮮やかな花々が飾られている。

「こちらにアニーサ王女が眠っていらっしゃいます」

まだ真新しい石碑の前へ案内される。石碑の前に石棺が埋められているのだろう。そこに綺麗《きれい》な花輪が置かれていた。

「ははうえ！　こんにちは！」

アミンは母の死をどう理解しているのか、笑顔で挨拶をした。そして母が好きだったというお菓子を並べ始めている。

「アニーサ……」

思い出すのは彼女の華やかな笑顔だ。日本の文化に興味があると、着物や神社仏閣を好み、結婚してからは二人で京都へ出掛けたりした。まだ数年前の話だ。

彼女の墓を目の前にして、ようやく彼女がこの世にもういないことを実感する。

別れてから四年近く――。

離婚して、夫婦という形は崩れ去ってしまったが、それでもロンドン留学中は仲の良《い》い友人でもあった。その友人が亡くなってしまったのだ。どうしても悲しみが込み上げてくる。涙が溢れそうになるのを、どうにか堪えた。

「これからもアミンを見守っていてくれ……」

そう呟《つぶや》いて祈りを捧げる。しばらく母の石碑に向かって、持ってきたお菓子の説明をしているアミンを、タリーフとそしてアミンの乳母と一緒に見ていた。

アニーサの子供だと思うと、どうしてか他人には思えなかった。

「お母さん、そのお菓子、好きだったんだ……」

つい、アミンに話し掛けてしまう。

「うん。あとこっちも」

きらびやかなパッケージのお菓子はどうやらゼリーのようなものらしい。

「そうなんだ。今度買って食べてみるよ」

笑って答えると、アミンも満面の笑みを見せた。

アミンは二歳だと聞いているが、とても二歳とは思えない。兄たちもまだ結婚していないこともあり、律の周囲には小さい子供がいなかった。そのせいか、二歳の子供がこんなにしっかりしているということを知らなかった。

二歳って、もっと幼いものだと思っていた……。

「アミン様、そろそろ行きましょうか」

アミンの乳母がタイミングを見て声を掛けてくる。

「うん」

アミンが乳母に手を引っ張られるのを合図に、律たちも今来た道を戻り始めた。すると後ろにいたタリーフが声を掛けてきた。

「わざわざ日本からご足労ありがとうございました。律殿はアニーサ王女を、お許しくださっているのですね」

「許すも何も、最初から彼女を憎いと思ったことはありません。ただ、今でもどうして離婚をされてしまったのかわからない、だめ夫ですよ」

自嘲《じちょう》する。本当に彼女の気持ちの変化が未《いま》だに読めないことに、いかに自分が鈍いかを痛感していた。

「そういえば律殿、今夜からの宿泊の件ですが、リドワーン殿下の宮殿にお泊まりになりませんか？」

「え？」

いきなりの誘いに律はもう一度タリーフの顔を見た。リドワーンの宮殿に泊まるなどと、今まで一度も話に出たことがなかったので驚く。

「ホテルをご予約されていると聞いてはおりましたが、勝手ながらキャンセルさせていただきました」

「キャンセルって……」

退路を断たれたような気がして焦《あせ》る。これ以上、リドワーンと会話をする勇気はない。先ほどのやりとりで勇気は全部使い果たしてしまった。

「遠くからアニーサ王女のお悔やみに来てくださったのです。当然のもてなしかと」

「ですが、リドワーン殿下はあまり気が進まないのでは……」

宮殿に滞在している間、彼に無視し続けられたら、さすがの律も耐えられない。

「国王陛下のお計《はか》らいです。殿下も陛下からのご命令には従わざるを得ません」

「ならば僕が、ホテルがいいと言ったことにしてお断りを。リドワーン殿下にこれ以上ご迷惑を掛けたくはありません……」

「律殿、これは私からのお願いでもあるのです」

急にタリーフが声を潜めた。律はその様子に何かあるのかと訝《いぶか》しく思う。

「タリーフさん？」

「大変失礼ながら、律殿と殿下の間にわだかまりがあるのは存じ上げております。それゆえに、お二方が以前のようにお戻りになれないだろうかと、私も苦心しております」

「タリーフさん……」

「どうかこれを機会にリドワーン殿下との距離を縮めていただきたいのです。もちろん私もお手伝いさせていただきます」

「ですが……僕はリドワーンが怒っている理由もわからないし……」

つい、殿下と呼ばず、昔のままの呼び方をしてしまうが、タリーフは別に気にしないといった様子で言葉を続けた。

「殿下は怒っているわけではないのです。多くの複雑な事情が絡み、どうしようもなくなっていらっしゃるのです」

「……意味がわかりません」

「ええ、今はおわかりにならないかと。ですが滞在していただければ、きっとご理解していただけるはずです。どうか宮殿にお泊まりくださいませ」

リドワーンと和解することが、本当にできるのだろうか——。

律の心が揺れる。彼とはもう会えないかもしれないと覚悟をしたばかりだというのに、これからも彼と縁を繋《つな》げていける道があると言われれば、どうしたって心が揺れる。

タリーフの誘いに答えを出せずにいると、律の袖《そで》を引っ張る手があった。アミンだ。

「律さまは、うちに泊まるの？」

「え？」

客人が珍しいのだろうか。目をきらきらさせて尋ねられ、言葉に窮していると、タリーフが勝手に答えてしまった。

「ええ、お泊まりになるそうですよ。よかったですね。異国のお話を聞かせてもらえますよ、アミン様」

「わぁ！　嬉しい」

「ちょっ……」

慌ててアミンに訂正しようとするも、アミンが何か見つけたようだ。

「あ！　あれは……」

そう言うと、きらきらした表情で、律の話も聞かずに一気に走っていってしまった。子供の素早さについてはいけない。すごいエネルギーだ。結局、アミンには訂正できず、タリーフに苦言を呈するしかなかった。

「タリーフさん、何を勝手に答えられているんですか」

「いいではありませんか。アミン様があんなにお喜びになるとは、私も嬉しい限りです」

「う……」

母親を亡くしたアミンが喜ぶというのなら、確かに律も一肌脱ぐくらいはしないといけないのかもしれない。

そのまま向こう側へ走り去っていくアミンの背中に視線を遣ると、アミンの向かう先に一人の青年がいるのに気づく。

「晴希《はるき》さまぁ！」

アミンの声が敷地内に響く。日本人のような名前に、律は改めて青年に目を遣った。アラブの民族衣装を着てはいるが、日本人に見える。あまりにもじっと見ていたせいか、青年と目が合い、青年がにこりと笑うのがわかった。律も慌てて軽く頭を下げる。すると青年はアミンと何か話をして、そのままますぐに宮殿の奥へと消えていった。

「タリーフさん、今の青年はどちらの方ですか？」

「青年？　さあ、青年などいらっしゃいましたか？　ご婦人ではありませんでしたか？」

「え？」

明らかに不審な言葉だった。タリーフが何かを隠している気がしてならない。だが、それを聞くほど律も心臓は強くなかった。

僕には言えないことだろうか……。

日本人で、青年で……そしてアミンが懐く相手——。

彼がアニーサの再婚相手としか思えなかった。

隠れるようにアニーサの墓参りに来て、律とかち合ってしまったのかもしれない。

律は青年が消えた宮殿の奥に、もう一度目を遣る。

アニーサの周囲には、何故か謎《なぞ》が多いような気がした。


リドワーンの宮殿に戻り、夕食をリドワーン、アミンと一緒にとることになった。

突然リドワーンの宮殿に滞在することになっただけでも心臓に悪いのに、不機嫌を隠そうともしないリドワーンを正面にして食事をするのは、心臓だけでなく胃にも悪かった。

そんな中でも、アミンが乳母の助けがあってではあるが、一生懸命ご飯を食べようとする姿には癒《い》やされた。

リドワーンもアミンが駄々を捏《こ》ねたりするのを嫌がらずに受け止めて、きちんと対応している。上流社会では食事の際、子供を同席させなかったりすることもあるが、タリーフによると、リドワーンは常にアミンを手元に置いて可愛がっているそうだ。食事も時間が掛かってもアミンと一緒にとるらしい。

彼がアミンをとても大切にしているのが、こうやって一度夕食を一緒にしただけでも伝わってきた。まるで本当の父子にも見える。

「ちちうえ、全部食べたよ」

「よく食べたな。人参《にんじん》が入っていたのに、凄《すご》いな」

リドワーンが大切な宝物でも見るような目で優しく微笑んだ。アミンもリドワーンのことが大好きな様子で、満面の笑みで返す。

「小さく切ってもらったら食べられるんだよ」

「そうか、じゃあ、小さく切ってくれた人にも感謝をしないといけないいな」

「うん」

ここが王族の住む宮殿であることを忘れそうになる。リドワーンはどうしてか、とても庶民的にこの王子を育てているように思えた。

しばらくするとアミンがうつらうつらし始める。乳母がアミンに声を掛け、ダイニングルームから退室するように促した。するとほぼ食事を終えていたリドワーンが立ち上がり、アミンを抱き抱える。

「私がアミンを部屋に連れていこう」

その声に乳母は恐縮した様子も見せずにリドワーンにアミンを任せる。どうやらいつものことなのかもしれない。

「ほら、部屋までは起きていろ」

「……うん」

リドワーンは客人であるはずの律を置いて、そのままダイニングルームから去ってしまった。アミンまでいなくなったので、急に静けさが増した。律も食事を終えようとカトラリーをテーブルの上に置くと、すぐにタリーフが現れた。

「律殿は気になさらず、お食事を続けてください。もうすぐデザートをお持ちいたしますので、ゆっくり召し上がってくださいませ」

「ありがとうございます。ですが、やはりリドワーンには申し訳ないことをしたのではないでしょうか……」

陵墓からこちらに戻り、そして夕食を食べている間も、リドワーンは一度も律とは言葉を交わさなかった。アミンには優しい双眸《そうぼう》を向けるのに、律には冷めた表情しか見せなかったのだ。

「いいえ、今日の料理は殿下が律殿のためにご指示されたのですよ」

「え？」

「西洋式の食事のほうが、律殿が食べやすいだろうと言われておいででした」

そう言われてみれば、夕食はナイフとフォークを使って食べるものだった。イスラム式ではない。

リドワーンが――。

単純なもので、それまで落ち込んでいた律の心が華やぐ。

「あのような態度をおとりになっていますが、それだけがリドワーン殿下ではありません。何卒《なにとぞ》、しばし我慢なさってくださいませ」

「ええ。もうここに滞在させていただくと腹を括《くく》りましたから、少なくとも自分の今回の仕事がきちんと終わるまでは、ここにいさせていただきます」

「頼もしいお言葉、ありがとうございます。私もお二方のわだかまりがなくなるよう、お手伝いさせていただくつもりです」

「よろしくお願いします」

タリーフが味方についてくれるのなら、リドワーンと和解できるかもしれない。

そのためには、この針の筵《むしろ》のような状況に甘んじるしかなかった。

＊＊＊

夕食を終え、リドワーンはアミンを抱え、彼の部屋へと戻った。

既に寝息を立てて眠ってしまっている。腹がいっぱいになり眠気に勝てなくなってしまったのだろう。そのままそっとベッドにアミンを寝かせた。

「う～んっ……」

アミンがリドワーンのカンドゥーラを無意識に握って放さない。その可愛らしい仕草に、リドワーンはつい笑みを浮かべてしまった。

この世で一番愛しいもの――。

絶対に手放すものか――。

そのためには律に真実を知られてはならない。

律の来訪はリドワーンにとって脅威以外の何物でもなかった。いや、本当は会いたくて堪らなかったのだから、喜びもあったかもしれない。だが、今は確実に脅威となっていた。

本来は律の墓参りを認めていただけだった。確かに義兄たちから律にアミンを会わせるように言われてもいたから、そこまでは許容範囲としよう。リドワーンも初日だけ律と顔を合わせ、それ以外は接触を避けるつもりだった。

それなのに誤算が生じた。

国王である父から、律がデルアン滞在中は最大限の歓待をするようにと命令されたのだ。父もまたアニーサの件で律には迷惑を掛けたという思いが強く、その償《つぐな》いも兼ねての提案で、リドワーンも従わざるを得なかった。

父の一言で、ホテルに泊まる予定だった律を、この宮殿に滞在させることになった。

これはたぶん、父の言葉を受けてタリーフが仕組んだことだ。タリーフはリドワーンのために動いただけなのだが、リドワーンにしてみれば放っておいてくれという思いが強く、いらぬお節介でしかない。

わかっている。タリーフがこの機会に律との関係を修復させようとしていることなど。

だがそれにはきっと、アミンを引き換えにしなくてはならない。

それは絶対に避けなければならなかった。どう説得されてもアミンを手放したくない。

何故ならば——、
リドワーンはそこまで考えて頭を軽く振った。自分の犯している罪に、心が軋《きし》む。

本当は律を愛しているだけなのに、運命の糸が複雑に絡まり、そして解《ほど》けなくなっていく。

リドワーンはもう一度、幸せそうに眠るアミンの顔を見つめた。

◆　Ⅲ　◆

律《りつ》に初めて出会ったのは、リドワーンが十七歳の時、姉のアニーサと一緒にロンドンに一ヵ月だけの短期留学をした時だった。

普段は、姉は家庭教師、リドワーンはスイスの寄宿学校に在籍していたが、同い年の義兄、第六王子のシャディールが、イギリスのパブリックスクール、ヴィザール校へ転入したこともあり、彼に会いに行きがてらのロンドン留学だった。

だがシャディールが相手をしてくれると思いきや、彼は憧《あこが》れの人のことで手一杯で、まったくリドワーンたちの相手をしてくれない。結果、休日は姉にせがまれ、仕方なく二人でロンドン近郊の街へと出掛けたりしていた。そうしているうちに、姉はもっと自由を感じたいとばかりに、従者やボディーガードをつけずに、リドワーンと二人だけで旅行に行きたいと言い出すようになった。

そしてその日、とうとう姉に言い負かされ、リドワーンは従者やボディーガードを振りきって、ロンドン最大のバスターミナル、ヴィクトリア・コーチから二人でバスに乗ってストーンヘンジに行くことになった。

ヘアサロンに寄りたいと言った姉とは、コーチで待ち合わせをしたのだが、約束の時間になっても姉は現れなかった。バスチケットは姉が持っているし、電話も通じないのでどうしようもない。従者やボディーガードを振りきって内緒で来てしまったので、彼らに頼ることもできなかった。

姉が事故に遭《あ》ったりしていないだろうかと不安になる。あと三十分待っても来なかったら、タリーフに連絡を取って姉を探そうと思っているところに、見知らぬ番号からリドワーンのスマホに電話があった。

「ハロー」

訝《いぶか》しく思いながらも出ると、姉の元気な声が響いた。

『リドワーン、ごめんなさい。道に迷ってしまって、しかも充電切れしちゃって、あなたに連絡ができなかったの。今、すぐ近くまで来ているわ。バスにはまだ間に合いそうね』

「迎えに行こう、姉上」

ヴィクトリア・コーチはただでさえ広い。バス乗り場も幾つもあり、一つ数字やアルファベットを間違えればまったく違う場所へ辿《たど》り着《つ》いてしまう。ここは迎えに行ったほうが早そうだと思った。だが、姉は自信満々に言い返してきた。

『大丈夫、あなたがこちらに来たら、バスの発車時刻に間に合わなくなってしまうわ。それに親切な人がそこまで案内してくれるの。あ、この電話もその人が貸してくれたの。リドワーンからもお礼を言ってね。じゃあ、もう入り口まで来たから、一旦《いったん》切るわね』

リドワーンにほとんど何も言わせないうちに、さっさと通話が切れてしまった。姉らしいと言えば姉らしい。取《と》り敢《あ》えず事故に巻き込まれたわけではなさそうなのでほっとする。

しばらくすると大きな声で名前を呼ばれた。

「リドワーン！」

雑踏の中に落ち着いたベージュのヒジャブに華やかなクリスタルのブローチをつけた、パンツスタイルのアニーサを見つける。更にアニーサが引っ張るようにして連れてくる青年がいることにも気づいた。

っ……！

雷に打たれたかのような凄《すさ》まじい痺《しび》れが背筋に走った――。

どうしてか、その青年の周囲だけに光が当たっているかのように明るく見えた。どこかの大聖堂で見たフレスコ画に、こんな技法があった気がするなどと莫迦《ばか》なことまで思ってしまう。

誰だろう……。

黒髪など見慣れているはずなのに、その青年の黒髪は艶《つや》やかで、リドワーンの目を惹《ひ》き付けて離さない。いや、黒髪だけではない。彼のすべてから目が離せなかった。

なんだろう……これは――。

動揺している傍《そば》で、姉が話し掛けてくる。

「リドワーン、まだバスには間に合うわ。よかった。律、ありがとう。あなたのお陰で弟との旅行がだめにならずに済んだわ」

律――。

不思議な音色の名前だった。更に姉がリドワーンに何かを話してきたが、まったく耳に入ってこないほど律に心を奪われる。

清楚《せいそ》な青年であった。品のよさが滲《にじ》み出ていて、アニーサに翻弄《ほんろう》されただろうことは一目見てわかる。

「このたびは姉がご迷惑をお掛けした。後日、何か礼をしなければならないな……」

「え？　そんなことはいいですよ。僕も、ここからバスに乗るところだったので、ついでだったんです。それよりも早くバスへ。時間がありませんよね」

そう言って、律が小さく笑みを浮かべる。刹那《せつな》、リドワーンの心臓が早鐘のように鳴り響いた。

一体、何なんだ……。

動揺しながらも律の言葉に返事をする。

「ああ、確かに時間はあまりないんだが……」

どうしても律と離れがたかった。こうなったらバスに乗り遅れてもいいかとさえ思えてきた。だが、

「さあ、リドワーン、行きましょう。律、ありがとう! これ、お礼。何かの足しにして」

アニーサは数枚のポンド札を律に渡して、さっさと去ろうとした。

「え、いいよ、こんなの貰《もら》うつもりなんてないし。困った時はお互いさまだよ」

「ううん、貰って。そうでないと私の気が済まないの、じゃあ」

アニーサが強引に話を終えて、リドワーンの手を引っ張る。確かにもうバスの出発時刻まで間がない。律もまたアニーサに向かって手を振り、よい旅を、と口にした。もうここは去らなければどうしようもない状況に追い込まれ、リドワーンは後ろ髪を引かれる思いで、その場を去ったのだった。


あれから何度もスマホの履歴に残っていた律の電話番号に連絡を取ろうか悩んだ。だが、かけたところで、何を話したらいいのかわからず悶々《もんもん》としていた時、運命ではないかという出来事が起きた。

あの日、ストーンヘンジを見ながら、相手が男性であろうが、律に恋をしてしまったことを自覚したリドワーンは、二日後、アニーサから信じられない言葉を聞いたのだ。

「律って覚えてる？」

ロンドン滞在中、老舗《しにせ》ホテルのスイートを姉と二人でシェアしていた。

姉はロンドン大学の特別プログラムに、リドワーンもヴィザール校に、それぞれ一ヵ月だけ留学をしていたが、二人とも寮に入っていない。

「ああ、姉上をヴィクトリア・コーチまでわざわざ送ってくれた恩人だろう？」

「ええ、あの人、今日、大学の講義でばったり会ったの」

「え？　ロンドン大学の学生だったのか」

思わずソファーから躰《からだ》を起こしてしまった。その驚きようにアニーサが少しだけ表情を歪《ゆが》め、答える。

「そう、しかも同じ特別講座を受けていたの。気づかなかったわ」

律――。

胸に小鳥が羽ばたくような擽《くすぐ》ったいざわめきが起こる。

「姉上は、何の特別講座を受けているんだったか？」

「あら、あなたが私のことに興味を持つなんて珍しいわね。『古代ローマ帝国のイギリスにおける歴史的役割』についての講座よ。そこに律もいたの」

「姉上、そんな講座を受けていたのか。前衛的な選択だな」

「あらキリスト教側からイスラム教を知るのも面白いのよ。まあ、でもあまりイスラムのことは出てこないんだけどね」

「ふぅん……」

姉の話に適当に相槌《あいづち》を打ちながら、律もローマ帝国に興味があるんだと、一つ彼の情報を知る。すると、姉が律の話をし始めた。

「彼、古代ローマ帝国の遺跡が好きみたい。もうすぐ卒業だし、ハドリアヌスの長城巡りもクライマックスだから忙しいって言っていたわ。この間も長城巡りに出掛けるために、ヴィクトリア・コーチに行く途中だったんですって」

ハドリアヌスの長城……。

確かイギリスに残されているローマ帝国の遺跡の一つのはずだ。他にも何かあるかもしれないが、それくらいしか知らなかった。だが――、

「面白そうだな……」

と、思ってもいないことを口にしてみる。するとアニーサが器用に片眉《かたまゆ》を上げて驚いた表情を見せた。

「あら、あなた、ローマ帝国の遺跡に興味なんてあった？」

これは律と縁を繋《つな》げるために、そういうことにしておいたほうがいいかもしれない。

「ああ、あまり詳しくは知らないが、古代にあんな立派な建築物を造るなんて、凄《すご》いだろう？　ロマンを感じないか？」

「ロマンねぇ……」

アニーサが呆《あき》れたように呟《つぶや》く。

「律に聞いてみる？　彼も一緒に行ける友人がいると楽しいんだけどって言ってたから、あなたが行きたいって言えば、喜ぶんじゃないかしら」

「ああ、行ってみたい」

そして次の週末には律とハドリアヌスの長城を巡る旅に出掛けたのだった。


最初はアニーサも一緒に出掛けたのだが、同じにしか見えない遺跡を、延々と巡ることに飽きたようで、三回目から、律と二人で出掛けるようになった。しかも週末だけでなく、平日も学校を休んで出掛けるようになっていた。

律も気を遣って、一回目は初心者でも楽しめるようにビジターセンターと博物館に連れていってくれたが、二回目以降になると、平原に突然現れるような遺跡を回るようになっていた。

二人でバスを乗り継ぎ、片田舎《かたいなか》のバス停で降りて、そこから更に歩いて、まったく何もない田舎に行く。本当はリドワーンのボディーガードが後方についているが、それは律には知らせていなかった。あくまでも二人で旅行をしていることを楽しみたい。

今も小さな村の一軒しかない古びたパブでランチを食べていた。

「あの平原にぽつぽつと残っていた遺跡、ハドリアヌスの長城の一部なんだよな……。誰も気にしていないなんて、少し寂しいよ」

先ほど平原に、本当に何でもない石が十数メートルぽつぽつと並んでいたのだが、それがどうやら約二千年前に造られたものの一部らしく、律は感動して、小一時間、石を眺めていたのだ。もちろんリドワーンは遺跡を見るふりをして、一時間、律の横顔を見つめていたので有意義な時間を過ごしていた。

「確かに何人も人が通っていたけど、誰も石には振り向きもしていなかったな」

お陰で律とリドワーンはただの不審者のようになっていた。

「石じゃない。遺跡だ。綺麗《きれい》に残っている場所もいいけど、こうやって風化しつつある遺跡もロマンがあって素敵じゃないか。ほら、昔の人の息遣いが聞こえてきそうだし」

さすがイタリアのアッピア街道をスクーターに乗って、古代ローマ人になった気分で南下したいと言う律だけのことはある。想像力もたくましい。

「それにしてもリドワーン、本当にいいのかい？　こんなマニアックな旅行。しかも君、学校を休んでいるんだろう？　一ヵ月しか留学期間がないのなら、まずいんじゃないのか？」

「ああ、いいんだ。留学は二ヵ月に延ばして、律が卒業して帰国する時に合わせて帰ることにしたから。それにこんな珍しい旅行、律と一緒じゃないと来ないから、逆に楽しいよ」

「ったく、変わった王子様だな」

律には最初から身分を明かしておいた。後で知られて壁を作られるよりは、最初に言っておいて、作られた壁を徐々に壊していくことを選んだのだ。

旅行はこれで四回目だが、頻繁に理由を作っては律を食事に誘ったり、図書館へ行って勉強を教えてもらうという名目で、彼の情報を得たりと、あの手この手で親密になり、今では親友のような関係まで築いている。

「それにしても、どうして律はハドリアヌスの長城に興味を？」

「ん？　単純にローマ帝国が凄いって思ったからかな。首都はローマなんだよ。ここから約二千二百キロも先の。そんな遠いところから、北の国まで帝国の威光が通用するなんて、とてつもなく凄いことだと思うよ。しかもこれは城壁だ。何千年と残る強固な城壁を、二千キロ以上も離れた国に造らせるほどの力があった強大な国家が古代に存在したって凄くないか？」

「そうなのか？」

「そうなのかって……。広大な土地や国々を一つに纏《まと》めて、更に従わせるだけの力を維持するって、奇跡だと思うよ。その奇跡の痕跡《こんせき》が今でも見られるって凄くないか？　って、君、本当にローマの遺跡に興味ある？」

「まあ、ほどほどに。今はローマの遺跡について語る律を見ているほうが楽しいけどな」

「もう、何を言ってるんだ。いいか？　ローマ帝国の凄いところはたくさんあるけど、その一つは建造物なんだ。当時既にコンクリートが使われていた建築物はもちろん、先へ先へ進軍していくのと同時進行で道を造っていく土木技術！　それもただの道じゃない。石畳が敷かれ、標識だってあるような立派なものを短期間で造っていくんだ。そしてそれは今でも残っていて、現役で使われている道だってある。世界中の道がローマに通じているんだから。『すべての道はローマに通ず』って、本当にそうなんだよ、わっ」

力説しすぎて律の手が食器に当たり、音を立ててしまった。

「う……ごめん。すぐに熱く語っちゃう」

「いいよ、そういうところが楽しいんだ。大体、好きなものがあるって凄いと思うな。律が羨《うらや》ましい。私はそういうものがないからな」

「今から作ればいいじゃないか、リドワーン。君の未来はこれからどんどん広がっていくよ。だから好きなことを見つければ、もっと未来が楽しくなるよ。未来って君が創《つく》るものだからね」

窮屈な王宮で、第七王子という星継《ほしつぐ》の剣の継承者であるリドワーンにとって、自分で未来を創るという感覚はなかった。きっと敷かれたレールの上を歩むのだろうと漠然と考えていた。

「自分で創るもの……なのか？」

「ああ、そうだよ。だからしっかり勉強して、自分の未来を構築する材料をきちんと用意しろよ。まだ十七歳だろう？　取り敢えず興味があるものは片っ端から手を付けておけば、将来、何かの役に立つ」

「未来を構築する材料……」

将来どうしようか、まだ決めていないリドワーンにとって、それは新鮮な考え方だった。

「特に王子なら、僕たちのような一般人より、もっと大きく世界は広がるはずだから、材料の用意し甲斐《がい》があるぞ」

悪戯《いたずら》っ子のようにふふっと笑う律の唇に目がいってしまう。

キスがしたい。

その柔らかそうな唇にそっと触れてみたら、どんな甘い香りがするのだろう――。

「リドワーン？」

黙っていたことを不審に思ったのか、律が名前を呼んでくる。リドワーンはすぐに笑って答えた。

「そうだな、少し勉強をする気になった」

「少しって……」

律が目を眇《すが》めて呆れた顔をするが、それさえも可愛《かわい》くて仕方がなかった。だが、まだ動いてはならない。

リドワーンは自分を制した。ことを仕損じては一生後悔することになるからだ。

先日、同い年の義兄、第六王子のシャディールと会ったが、彼も恋にかなり苦戦しているようだった。お互い年上の想《おも》い人なので、思うようになかなかならないのだ。

今はまだ早い。今、律に嫌われたらこの先、一生会えないかもしれない。

律は卒業と同時に日本に帰ってしまうので、その後も日本で会えるような親密な友人になっていなければならない。そしてその時に彼をがっちりと捕まえられるよう準備を念入りにしなければならなかった。

だがその計画は無残にも崩れ去ることになる。姉、アニーサもまた律のことを好きになってしまったのだ。

リドワーンが律のことを好きだと気づいたアニーサは、自分も律のことが好きだから身を引いてほしいと、ある日言ってきた。

「私なら律を幸せにできるわ。リドワーン、あなた、自分が王子という立場だってわかってる？　男の妃《きさき》なんて貰えるわけがないでしょう？　あなたと一緒になったら、律は一生日陰者よ。それでいいのかしら。あなたの律への愛って、エゴよ」

確かに男である自分の伴侶《はんりょ》として、律に確かな地位も与えられないよりは、王女であるアニーサと結婚したほうが、律には幸せのような気がした。

律の幸せを一番に考えた結果、リドワーンは恋心を押し殺して身を引くことにした。結果、姉が律に告白し、恋人になった。それを傍で見守りながら、心が凍えそうになるのを、リドワーンは必死で耐える日々を送ることになる。

それでも律のいい友人になろうと努力した。だが姉はリドワーンと律が親密になるのを嫌い、それさえも許さないとばかりに、いきなり律と駆け落ち同然に結婚をし、リドワーンと絶縁状態になった。

それは同時に律との関係も切れてしまったことを意味した。

初めて心から愛した人は、姉の恋人で、そして姉と結婚してしまった人――――。

もう絶対、手が届かない。

リドワーンは絶望の淵《ふち》に立たされた。

律を奪いたい。どうしてあの時、一瞬でも姉に譲ってしまったのだろう。

毎日、毎日、後悔し、そして最後は、自分が無理やりに奪わなかったからこそ、律が幸せになれたのだと、自分を納得させ、だがまた翌日には律に恋い焦《こ》がれるという繰り返しで、日に日に心が疲弊していった。

だがその時だった。姉がわずか半年でデルアン王国に戻ってきて、そして律と正式に離婚をしたのだ。

ある秘密を持って――――。

そしてリドワーンは、その秘密のお陰で律と決別し、心の平穏を手に入れることができたのだ。

アミンという秘密の子供。

それは歪んだ夢の始まりだった。

◆

Ⅳ

◆

うとうとし出したアミンをそっと抱えてダイニングルームから出ていくリドワーンの背中を、律《りつ》はドアの向こう側に消えるまで見つめていた。

昔から優しい男で、律もよく手助けしてもらった。ハドリアヌスの長城を見に小旅行へ出掛けた時も、さりげなく重い荷物を持ってくれたり、王子という身分なのに、律よりもずっと気さくなせいか、旅先でも現地の人とすぐに仲良くなって、遺跡にまつわる話を聞いてくれたりもした。

リドワーン……。

アミンへの優しさが、昔の彼の優しさと重なり、過去を思い出させる。決してリドワーンの根本が変わったのではなかった。ただ、律に対して冷たくなっただけだ。

贅沢《ぜいたく》かもしれない。彼が自分に優しくしてくれることをつい望んでしまうのは。

リドワーンを見るたびに、どんどんと欲が出てしまう自分を戒める。

こんな欲が自分にあるとは思わなかった。しかも抑えきれないほどの欲など、社会人になってから抱いた記憶がない。

リドワーンに対してだけ湧《わ》いてしまう欲だ。

律はリドワーンがわざわざ西洋式にしてくれたという夕食を続けたが、誰もいないダイニングテーブルでの食事は味気なく、そして彼に拒絶されていることをより強く感じてしまい、早々に食べ終えた。

そのまま用意された自分の部屋へと向かう。回廊をゆっくり歩けば、頰《ほお》に夜風が当たった。日本と違うからりとした空気は、デルアン特有のものである。

律は回廊から中庭へと出た。中央にある石造りの女神が持つ壺《つぼ》から水が泉へと流れ落ち、砂漠の国だというのに、絶えず水の流れる音が聞こえる心地よい空間となっている。その泉の脇《わき》に椅子《いす》が置いてあり、律はそこへ座った。

タリーフが言うように本当にリドワーンが律のために夕食をわざわざ西洋式にしてくれたのだとしたら、そのほんのわずかなリドワーンの優しさに縋《すが》りたい。

――どうしてこんなにリドワーンのことが気になるのだろう。

昔からそうだった。彼と会った時から、ずっと彼のことが頭から離れなかった。

それこそアニーサに結婚を迫られた時も、リドワーンのことが一番に気になり、律の心を揺らしたのも確かだった。

アニーサは日本の文化が大好きで、どうしても日本に住みたいと訴えてきた。そして律と結婚して、幸せになりたいと、目を輝かせて律にプロポーズをしてきたのを、今でもしっかり覚えている。

あれは律が帰国してすぐだった。

リドワーンがわざわざ律に会いに来てくれ、二週間ほど滞在した後、学校が始まるからと帰っていき、その後一週間と空けずして、アニーサが来日したのだ。

アニーサの話では政略結婚をさせられそうだから、律と結婚したいとのことだった。

当時、親族を交えて結構な騒動となった。結局、アニーサが家出をして駆け落ち同然の恰好《かっこう》になり、律が恋人としてけじめをつける形で彼女と結婚をした。

だが、この結婚をリドワーンが反対していることを耳にして律は落胆した。彼の心を傷つけたことに、律自身もまた傷ついたのだ。そんな律をアニーサは慰めてくれた。

『律はリドワーンのことが好きなの？』

『好きって……親友だと思っているよ。それに君の弟だ。好きに決まっている』

『そうね、律は優しいわ。ありがとう。確かに私が日本で結婚することは、お父様もリドワーンも反対しているわ。だから絶縁状態になるかもしれないけど、いつかは許してくださるわ。私は一度すべてを捨てることになるけど、きっと将来、またそれらを手にできる自信があるの。だから律、今は反対されているけど大丈夫。みんなが私たちを将来、祝福してくれるわ』

『そうだったらいいけど……』

『大丈夫よ、リドワーンは私の弟だもの。近い将来、私たちの結婚を喜んでくれるわ。私たち三人は仲良しよ。これからもずっと三人、仲良く付き合っていけるわ』

これからもずっと三人、仲良く……。

その言葉がまるで免罪符のように律の心に響いた。だが、結婚生活も半年後には破綻《はたん》する。アニーサが何の断りもなくデルアンへと帰り、律に離婚を申し出たのだ。

いきなりのことで、律もアニーサに連絡を取ろうとしたが、デルアン王国の国王自身が娘の非礼を一個人に謝罪するという非常に稀《まれ》な事態に発展し、律も引かざるを得なくなってしまった。

せめて理由だけでも知りたかったが、娘の我儘《わがまま》という理由だけで、デルアン側はそれ以上のことはシャットアウトし、律には何も連絡がなかった。

あれから四年近く経《た》った今、まさか王国側から呼ばれるとは思ってもいなかった。しかもアニーサが交通事故で亡くなったという信じられない事実に、悲しみが込み上げる。

アニーサ、君は幸せだったかい――――？

律は溢《あふ》れそうになる涙を指先で拭《ぬぐ》った。すると、ふと人の気配がし、そちらを振り向いた。

「……リドワーン」

そこには思いがけずもリドワーンが立っていた。律は慌ててもう一度涙をさりげなく拭い取り、笑顔を向けた。向こうも律がいるとは思っていなかった様子で、驚いた表情を浮かべている。律はこの機会を逃してはいけないと思い、どうにか会話を続けようとした。

「この中庭、綺麗《きれい》だね」

「ああ……母上が住んでいた宮殿を一部だけ改装して、あとはそのまま使っているからな」

リドワーンがやっとまともに口をきいてくれる。

「お母様は花がお好きなんだ……」

「そうだな」

そう言いながら、リドワーンが回廊へと戻ろうとする。律はどうにか彼を留《とど》めようと、更に会話を続けた。

「あ、あの、リドワーン、一度、君ときちんと話したいんだ。こんなぎくしゃくした関係、いつまでも続けたくない。僕は鈍いからいろいろとわかっていないことが多いと思う。知らないうちに君を傷つけているかもしれない。だからそれを教えてくれ。そうでないと僕は何も君に謝れない」

「謝ることはない」

彼がちらりとこちらを振り向いて冷たく言い放った。胸が痛い。

「リドワーン……」

縋るような思いで彼の名前を口にすると、リドワーンの表情が苦しげに歪《ゆが》んだ。そして
ぽつりと彼の唇から言葉が零《こぼ》れ落《お》ちる。

「会いたかった、律――」

刹那《せつな》、律の鼓動が大きくドクンと爆《は》ぜた。何か熱いものが胸から込み上げる。

「リド……」

「――と言えば、お前の気持ちは救われるのか?」

「え……」

もうリドワーンの表情は何も感情を映し出してはいなかった。冷たい印象だけが残る。

「別にお前に謝罪は求めていない。故にお前が謝ることもない」

「リドワーン……」

「明日、お前の仕事を補佐してくれる人間が来ることになっている。お前は仕事が終わったら、早く日本へ戻るがいい。それでおしまいだ。ここへ来ることも二度とないだろう」

「リドワーン、僕は君ともっと話がしたい。身分の差もあるから学生の時と同じようにとはいかないかもしれない。でも――、でも、もっと君と話がしたい」

「私はない。さあ、お前も明日に備えて休むがいい」

リドワーンはそう言うと、再び律に背中を向ける。今度こそ一度も律を振り向くことな

く、そのまま去っていった。取り付く島もない。だが、リドワーンの律への呼び方が『君』から『お前』に変わっていたことに律は気づいていた。その変化は、少しでも彼が律に気を許してくれた証拠ではないかと思いたい。

「リドワーン……」

律の呟《つぶや》きは、夜空を鋭く引《ひ》っ掻《か》いたような細い三日月へ吸い込まれていった。

＊＊＊

心臓の音が煩《うるさ》い――――。

リドワーンは律から逃げるようにして、自室へと戻った。ドアを閉め、そのドアに背中を預ける。そして天井を見上げた。

だめだ――――。

どんなに冷たく接しようとしても、心が律を求めてしまう。その証拠に本音を漏らしてしまった。

『会いたかった、律――――』

あれは本心だ。律を目にした途端、魂が震え、口に出さずにはいられなかった。咄嗟《とっさ》にしまったと思い、すぐに言《い》い繕《つくろ》った。

『――と言えば、お前の気持ちは救われるのか？』

それはまるで律を莫迦《ばか》にしているような言い方で、リドワーンの本意ではなかった。だが律を遠ざけるためには、あれくらい言ったほうが、やはり正解のような気がした。

このまま私を嫌って、この国から去ってほしい――。

それが今のリドワーンの唯一の願いだ。

律がこの国に居続ければ、きっと彼を手放せなくなる。彼が嫌だといってもこの宮殿に監禁し、自分だけのものにしてしまうだろう。

そんなことは絶対したくない。律には律の幸せを摑《つか》んでほしいのだ。彼には自由に生きてほしかった。

私などに囚《とら》われてほしくない――。

律は今もアニーサとの離婚がきっと心の傷になって、再婚できないでいるに違いない。そんな異性愛者の律をリドワーンでは幸せにできない。

私の理性があるうちに、帰ってくれ、律――。

泣いて嫌がる律を無理やり抱いてしまう前に、日本へ戻ってほしかった。

リドワーンは自分の浅ましい欲望を閉じ込めるように、きつく目を閉じたのだった。

＊＊＊

翌朝、律は寝不足のまま車に乗り、タリーフと一緒に文具のリサーチをするため、デュアン大学へと向かっていた。

寝不足なのは、昨夜のリドワーンとのやりとりがずっと律の頭から離れなかったからだ。

『会いたかった、律――』

あれが彼の本心だったら、どんなに嬉《うれ》しかったか。だが、その後に続けられた言葉で、律は自分が彼に揶揄《からか》われたことに気が付いた。

『――と言えば、お前の気持ちは救われるのか？』

あの時のリドワーンの表情はとても冷たく、律を牽制《けんせい》するような雰囲気を纏《まと》っていた。

リドワーンは、律がとても会いたがっていることに気が付いているのだ。気が付いていて、冷たく当たっている。律の気持ちを粉々に砕きたいのかもしれない。

そんなに僕は彼に嫌われていたのか……。

改めて思い知った。

じくじくと胸が痛む。律は痛みに耐えるように、膝《ひざ》の上に乗せていた拳《こぶし》を強く握った。

彼に会えて嬉しいと思ったのは律だけだったのかもしれない。リドワーンはまだ律のことをまったく許していなかったのだ。

彼と和解できるかもしれないと思っていた僕は考えが甘かったのか——？

四年前、リドワーンと何の軋轢《あつれき》もなく、友人として接していたのが懐かしい。もう二度と彼と親しく付き合うことはできないのだろうか。

辛《つら》い。辛くて胸が張り裂けそうだ。

どうしてリドワーンのことになると、こんなに心が大きく揺さぶられるのか、自分でもよくわからなかった。

まるで恋でもしているようだ。そんなわけはないのに——。

「はぁ……」

小さく溜息《ためいき》を吐《つ》くと、隣に座っていたタリーフに聞こえたようで、彼が話し掛けてきた。

「お疲れですか？」

「あ、いえ、そんなことはありません。ちょっと仕事のことを考えていたので……。申し訳ありません、溜息など吐いてしまって……」

「いいえ、それならよろしいのですが……。もしスケジュールがきついようでしたら、仰《おっしゃ》ってくださいませ。あと、もう少しで大学に到着いたします」

「あ、はい」

デルアン王国の首都デュアンにある、そのまま首都の名前を冠したデュアン大学は、世界最高レベルのグローバルスタンダード教育を目指した王立の高等教育機関だ。

昨今、欧米系の一流大学のキャンパスがアラブの国々に進出してきているが、デュアン大学はそういった大学と遜色《そんしょく》のないレベルを誇っていた。

アラブの富豪や王族との人脈を得ようとする学生からも人気である上に、難しいと言われているアラビア語も同時に習得できるということもあり、世界各国から留学生がやってきている。

今回はそこの学生にブラッサムの文具を使ってもらい、忌憚《きたん》ない意見を聞くことになっていた。既に文具だけは律が日本を出る前に空輸しており、大学生に一週間ほど使ってもらっている。

今日はこの国に住んでいる日本人のコーディネーターと、事前に配ったブラッサムの文具についてのアンケートを見ながら、学生の意見を聞くことになっていた。

その日本人は、以前、アメリカに本社を置く世界的規模の大手ゼネコンで優秀なコーディネーターとして働いていたとのことだった。

現在は第六王子の宮殿に滞在し、教育関係のＮＰＯを立ち上げているエリートらしい。

昨日のアニーサの陵墓で見掛けた青年といい、デルアン王国には意外と日本人が多く住んでいるのかもしれない。

「律殿、私はコーディネーターをご紹介してから一旦《いったん》仕事に戻りますが、お帰りになる際は、またご連絡ください。迎えに参ります」

「わかりました。お手数を掛けます」

「いえ、こちらもご一緒できずに申し訳ないです」

「そんな、とんでもないです。本当にこのような機会を設けていただいただけでもありがたいことです」

恐縮しながらも、律はリドワーンのことから仕事モードへと気持ちを切り替えた。


大学に到着し、教室の一つに案内される。するとその部屋には日本人の姿があった。タリーフが笑顔で声を掛ける。

「慧《けい》殿、このたびはご面倒をお掛けし、申し訳ありません」

「いえ、面倒ではありませんよ。コーディネーターとして楽しく準備させていただきましたから」

ハッと目を惹《ひ》く美しい青年だった。思わず見惚《みと》れていると、タリーフが紹介してくれる。

「律殿、こちらが今回、コーディネートをしてくださった、須賀崎《すがさき》慧殿です。慧殿、こちらがブラッサム様の佐倉《さくら》律殿です」

「初めまして、須賀崎慧です。佐倉さんと同じ日本人です。通訳も兼ねて今回、ご一緒させてもらうことになっています。よろしくお願いします」

「こちらこそよろしくお願いします。須賀崎さんがご一緒してくださり、頼もしいです」

「ご期待に添えるかどうか……。早速ですが、学生からアンケートを集めていますから、まずはそのチェックをお願いします」

「はい、ぜひ」

律は早速アンケートのチェックを始めたのだった。


アンケートを見ながら、もう少し詳しく知りたい案件などがあると、慧が可能な限り学生に連絡をとったり、また大学にいる学生は呼び出したりと、細やかなサポートをしてくれた。お陰で、短時間でかなり詳細なデータを得ることができ、予想以上のスムーズな進み具合に、彼の有能さが窺《うかが》い知《し》れる。

あとリドワーンとも知り合いということで、休憩中も話が弾み、仕事を終える頃には、お互いにファーストネームで呼ぶ仲になっていた。

学生からの聞き取りも終了し、昼の二時も過ぎて、律は慧とそのまま大学のカフェでお茶でもしようということになった。

そこで慧なら同じ日本人として知っているかもしれないと思い、昨日見掛けた『晴希《はるき》』という青年について尋ねてみた。

「晴希？　アニーサ王女の陵墓で会ったとなれば、間違いなく私の知り合いの晴希だと思いますよ。晴希も墓参りをしていたのかと」

意外にもすぐにあの青年を知っている人間に辿《たど》り着《つ》き、律は自分の運のよさに感謝した。

「あの、もしかしてアニーサの再婚相手とかでは……？」

「再婚相手？　どうしてそんなことを……ああ、でも先に律の質問に答えますね。晴希は再婚相手ではないですよ。第五王子の……あっと、晴希は男性の恰好をしていました？」

おかしなことを聞かれるなとは思ったが、素直に答える。

「え……もちろん男性の恰好でしたが……」

「ああ……そういうことか。うん、まあ第五王子の関係者とだけ伝えておこうかな」

「関係者？」

「王族はいろいろ複雑なことがあって、取《と》り敢《あ》えずはそこまでの情報で納得していただきたいですね」

「なるほど……わかりました」

「あとまだ結婚して二ヵ月の新婚さんだから、そんな疑いを持ったことは誰にも言わないほうがいいですよ。煩い人間がいるから」

　王族の関係者については想像だけで口にしてはいけないということだろう。

「わかりました」

「で、先ほどの律の質問に戻りますが、アニーサ王女は再婚をしていないですよ」

「え？」

「どこでそういう話になっているかわからないですが、一応それだけは伝えておきますね。君は彼女の元夫で、知る権利はあると思いますから」

「再婚をしていない……」

　ではリドワーンが言ったことは嘘《うそ》――？

　どうして嘘なんて言ったんだろう。もしかして未婚で子供を産んだのだろうか。それならアニーサが亡くなった後、夫側に引き取られずリドワーンが養子に迎え入れたことに納得がいく。

「再婚というのは、リドワーン殿下からそういう説明があったのですか？」

「え……まあ……。ただ未婚でアミンを産んだことを僕には言えなかったのかもしれません。あの、突然ですが、慧はアミンの父親をご存じですか？」

　思い切って尋ねてみた。この国に住んでいて、第六王子と親交が深い彼なら、もしかしてアニーサの相手のことを知っているかもしれないと思ったからだ。案の定、慧の表情がわずかに変わる。だが、それからゆっくりと口を開いた。

「知っています。ですが、リドワーン殿下が言われていないのなら、私からは言えない……かな」

「そう、ですか……」

少しだけがっかりし、視線を手元のコーヒーへと落とす。慧なら教えてくれるかもしれないと思ったが、王族のスキャンダルにもなりかねない話を、そうそう簡単に口にはしないのは当たり前だ。

ふと、再び慧に視線を向ける。すると慧が何か言いたげにこちらを見つめていた。

「慧?」

問い掛けると彼が苦笑する。そして少しばかり逡巡《しゅんじゅん》してから彼が言葉を続けた。

「いや……そうですね。一つ話をすると、実はリドワーン殿下はアミンを家庭教師ではなく幼稚園へ通わせているんですよ」

「幼稚園?」

「ええ、王族は大抵、日本でいう小学生くらいまでは家庭教師をつけるのが通例です。でも殿下は、アミンを一般人と同じ幼稚園へ通わせました」

「それは、アミンに視野を広げさせたいからですか?」

リドワーンならアミンに一番いい教育を施《ほどこ》すはずだと思ってその言葉が出た。だが慧からの返事は意外なものだった。

「殿下は将来、万が一アミンが本当の父親と暮らしたいと言った時に、アミンの思うままにしてやりたいと思われているからです。そのためには、庶民の暮らしを知っていたほうが良《い》いだろうと幼稚園を選ばれました」

「え……あんなにアミンを可愛《かわい》がって、自分の息子として育てているのに？」

「育てているのに、です。アミンがいつか本当の父親を求めるようになるかもしれないことも覚悟されているのでしょう。自分の手元から離れた時のアミンを心配されての決断だと思います」

「そんな……」

だがリドワーンならしそうだ。昔から自分よりも相手を大切にするのが、彼だった。

リドワーンのアミンに対する愛情は、まだここに来てから二日しか経っていない律にも痛いほどわかる。それなのに、リドワーンはいつかアミンと別れる日がくるかもしれないと覚悟し、アミンのために動いているのだ。

そんな悲しいこと――。

「リドワーンは優しすぎる……」

「そう、殿下は優しすぎますね。だから自分のことを後回しにされてしまう」

「リドワーンは昔からそうだ……」

「……律は殿下のことが大切？」

急に慧の言葉遣いが柔らかくなった。彼が親身になってくれていることが伝わってくる。

「大切だよ。おこがましいかもしれないけど、親友だと思っていた」

「親友って……その、愛とかそういう意味ではなく、ただの親友ってことかな？」

慧の言葉に思わず顔を上げた。

「愛？」

「男女の恋愛のように殿下のことを愛しているという意味」

律の心臓が大きく跳ねる。

「そんな……。そんなこと、考えたこともなかった」

自分でもわからないほど動揺した。まるで秘密でも知られたような気分だ。すると正面に座っていた慧がくすっと笑った。

「違うって否定はしないんだね」

すっかり彼のペースに呑《の》まれている。

「あ、あの……否定というか……そういうことを正直、考えたことなかったから。それに僕は彼の姉と結婚したので……」

「……それはアニーサ王女のことを愛していたからだろう？」

「ええ、短い間だったけど、彼女のことを愛していました」

「リドワーン殿下よりもアニーサ王女を愛していた？」

「え……」

アニーサとリドワーンをそういう意味で比べたことがなかったので、その問い掛けには戸惑うしかない。だが逆に、いかに自分が何も考えていなかったかを知る機会にもなった。

慧の顔を改めて見ると、彼が律の答えを待っているのがありありとわかる。彼がどういうつもりで、そんなことを矢継《やつ》ぎ早《ばや》に質問してきたのかわからないが、律も考える機会を与えられたと思うことにした。

まずはアニーサとリドワーン、どちらも大切で、二人とも親友だった。

二人とも親友……だった？

躰《からだ》の芯《しん》が震えたような気がした。

アニーサは女性で、結婚したが、リドワーンは？　男性だから結婚しなかった？

昔からリドワーンのことを気にして、一緒にいると、いつも心が温かくなって……、彼のほうが年下なのに、そんなことは関係なく心が安らぐのはどうして――？

「っ……」

今まで大切なことを見逃していたような気がする。

「もしかして、性別が僕の目を曇らせていたのかもしれない？　わからない。アニーサを愛していたのは確かだ。だけど……」

だけどいつも一緒にいたいと思っていたのはリドワーンのほうだった。

「あ……」

律は慧を見つめ返した。慧がふわりと優しい笑みを浮かべた。

「フェアじゃないから告白するけど、私のパートナーは男性なんだ」

「慧……」

突然の告白に律は目を丸くした。するとその表情が面白かったのか、慧が笑みを深くする。

「更に言うと、私のパートナーは第六王子のシャディール。私より二歳下で、リドワーン殿下と同い年。だけどシャディールのほうが誕生日が早いからリドワーン殿下の義兄ということになっている」

「え？　ええっ⁉」

「ついでに本当はリドワーンとは友人だから、彼への殿下呼びはここまでにしておくよ」

「ええ〜っ⁉」

思わず椅子から立ち上がってしまった。その様子を見て、慧が今度は声を上げて笑った。

「ははっ……、律、そんなに驚かなくても。さあ、座って。目立つから」

「あ、はい。えっと……僕はどう反応していいかわからないのだけど……」

「いいよ、充分に驚いてくれたから、それだけで楽しかった」

「慧……」

意外といじめっ子気質の人かもしれない。

「話を元に戻すけど、もし男性と結婚、もしくはパートナーになるという選択肢があったとしたら、律、君はリドワーンを選ぶかい？」

リドワーンを選ぶ……。

そんな選択肢があるなんて……今まで思ったこともなかった。

「君の答え次第で、私の動きは変わるから」

「え？」

彼の顔を見つめると、慧が人の悪い笑みを浮かべた。何か企《たくら》んでいるような感じだ。

「私は律の味方になろうと思っている。最初はリドワーンの味方になるつもりだったが、それだけでは問題の解決はしなそうだから……」

「問題の解決？」

ますます意味がわからない。

「そう、今はまだ説明できないが、律の悪いようにはしない。信じてくれ。だからできれば律の本当の気持ちを知っておきたい」

慧とは今日出会ったばかりだが、一緒に仕事をしてみて、信用のおける人間だということは感じていた。

律は改めてリドワーンのことを考えてみた。今まで恋愛の対象として見たことがなかったので、なかなか難しい。

「ごめん、まだよくわからない。ただ、ロンドンにいた時から、彼と一緒にいたらとても楽しかったし、アニーサとの結婚が決まった時もリドワーンのことばかり気になっていたのは自覚がある。でも愛しているかどうかは……」

わからない。この気持ちに何という名前が付くのか、わからなかった。

答えが見つからず、慧の顔に視線を向けると、彼が穏やかな表情で律を見守ってくれていた。

「律、君はアニーサを選ぶ、とは言わないんだね」

「あ……」

慧の言葉に、迷うことも一つの答えなのだと知る。

「じゃあ、質問を変えるよ。律はこれから先、リドワーンと関《かか》わらず、ずっと彼と離れて生きていくことはできる？」

「これからずっと離れて……」

そう口にした途端、律の心が大きく揺さぶられた。想像しただけで心が軋《きし》む。

「……リドワーンと二度と会えなくなるのは嫌だ。身分不相応だとしても、許されるならば彼とまた昔のように会いたい」

それはここに来た理由の一つでもあった。彼とすれ違ったままでいるのは、『嫌』だと思って、リドワーンに会いづらいと思いつつも、このデルアンまで来たのだ。

「慧、これって恋愛感情での好きっていうことかな……」

「どうかな。私の意見に左右されてはいけないから、そこは黙っておくよ。結局は律の心がちゃんと理解していないといけないから」

「慧……」

僕はリドワーンのことを愛しているんだろうか……。

考えたこともなかった。だが彼と会ってから今までの自分の気持ちを考えると、その言葉ほどぴったりくるものもない。だけど愛という曖昧《あいまい》な気持ちがどんなものか、情けないがまだはっきりと摑めないままでいるのも確かだった。

「アニーサと結婚までしたというのに、僕にはまだ愛というものがしっかりわかっていないのかもしれない……」

親友なのか恋人なのか不確かであったのに、アニーサに迫られて結婚してしまった。それでも律なりに、アニーサを愛していこうと決めていたが、『愛』をしっかり理解していなかったせいで、普段の何気ない言動が彼女を傷つけてしまったのかもしれない。

「――だからアニーサに離婚されてしまったんだろうな」

「まあ、元々アニーサは一筋縄《ひとすじなわ》ではいかない御仁《ごじん》だから、意外と律のほうが被害者かもしれないな」

「え……？」

慧が意味ありげなことを呟いた。だが、すぐに話題を変えてくる。

「『愛』って、たった一言なのに、その意味を説明するのには、とても多くの言葉が必要になる。人によっても意味合いが違うかもしれないと思うと、本当にとても不可解で深い言葉だ」

「慧も考えたことが？」

「そうだな。私はシャディールとは長く音信不通だったが、結局は彼のところに戻ることを選んだ。その時、『愛』は深いって初めて実感したかな。なあ、律、『愛』って説明をしようとするから複雑になると思わないかい？　とても深い言葉だけど、本当はシンプルなものなんじゃないかな。私はそれをやっと理解して、今、彼と一緒にいるんだ。だから律もリドワーンに対しての感情をあまり深く分析しなくてもいい気がするよ。愛は愛だから。愛は魂の一部だから説明はできないんだよ」

「僕のほうが慧より二歳年上なんだけどな……。慧のほうがずっと『愛』を理解しているよ」

「きっと彼、シャディールがいたから、いろいろ学べたんだと思う。パートナーってお互いを高め合うからな」

お互いを高め合う……。

リドワーンの笑顔が脳裏《のうり》に浮かぶ。ロンドンで一緒に小旅行へ出掛けたり、日本にわざわざ来てくれたり、リドワーンはいつも優しく、律の傍《そば》にいてくれた。

「僕もあの居場所を失いたくない……」

「それが素直な気持ちなら、絶対なくしたらだめだ、律」

「ありがとう、慧」

「まあ、本音は、リドワーンはシャディールと同い年なこともあって、周囲がいろいろと比べてくるんだ。何しろリドワーンもかなりできる王子だからね。周囲が放っておかないんだ。それが時々シャディールを巻き込んで鬱陶《うっとう》しいこともあるから、今後のことを考えて、リドワーンに恩を売っておきたいだけなんだけどね」

どこまで冗談かわからないが、しれっとそんなことを言う慧に、律はつい笑ってしまった。すると慧が言葉を足してきた。

「リドワーンは、本当は懐《ふところ》が深くて優しい男だ」

知っている。いつも律は彼の優しさに、そして気遣いに助けられ、ロンドンの留学生活を締《し》め括《くく》ることができたのだから――。

「私を含め周囲の皆も、リドワーンの優しさに助けられたことが何度もある。だからこそ彼を見捨てられない。今の状況から救い出したいと思っている」

「救い出す？」

「ああ。今、彼は自分の幸せを代償にして、アミンと二人だけの世界に閉じこもろうとしている。そんなことでは本当の幸せは手に入らないのに」

「リドワーンが自分の幸せを代償にしてるって……アミンと二人だけの世界って……。一体、リドワーンに何が起きてるんですか？」

律の質問に、慧がふと寂しそうに微笑《ほほえ》む。やはり今のリドワーンの状況が普通ではないことを律は改めて感じた。そして先日耳にしたタリーフの言葉から考えても、それは律に大きく関係している気がする。

『殿下は怒っているわけではないのです。多くの複雑な事情が絡み、どうしようもなくなっていらっしゃるのです』

複雑な事情って……？

「詳しくは私からは言えないが、一つ、律にヒントを与えておくよ」

「ヒント？」

何だろう、と首を傾《かし》げる。

「さっきアミンは幼稚園に通っているって言ったよね」

「ええ……」

「アミンは三歳だ」

「え？　二歳じゃ……」

「三歳だよ。デルアン王国では二歳の子は幼稚園に行けないからな」

「え……」

律の思考が一瞬停止した――。

三歳。それは、律の子供である可能性が高くなる年齢でもあった。

「それって……」

「君が想像した通りだと思うよ。現実を受け止める覚悟をしておいたほうがいい」

慧の言葉に、律は息を呑むしかなかった。


慧と別れ、律は迎えに来てくれたタリーフと一路、リドワーンの宮殿へと戻ってきた。

車の中で、律はタリーフにもアミンが三歳であるかを尋ねてみた。タリーフは言いにくそうではあったが、意外にもあっさり三歳であることを認めた。

リドワーンは何故《なぜ》アミンを二歳だと律に紹介したのだろう。三歳が本当なら、それは律の子供の可能性が高い。いや、どう考えても、アニーサと離婚した時に、彼女は既に妊娠をしていたということになる。

自分に子供がいる――。

あまりに突然のことで、どう受け止めていいかわからない。だが一つ、複雑な思いの中にも嬉しいという感情があり、アミンともっと話がしたいという思いが湧いてくる。

どうしてアニーサは僕に何も言わなかったんだ？

わからない。今までアニーサの行動で理解できたことはあまりなかったが、それでも今回は本気でアニーサのことがわからないと思った。

それに――。

慧に問われた質問にも翻弄《ほんろう》されてしまう。

『もし男性と結婚、もしくはパートナーになるという選択肢があったとしたら、律、君はリドワーンを選ぶかい？』

リドワーンを選ぶか……。

今まで彼を恋愛対象として考えたこともなかった。だが彼と会ってから今までの自分の気持ちを考えると、友情以上の感情を抱いているのは自分でわかる。

リドワーン……。

彼が他の女性と一緒にいるところを目にしたらと想像しただけで、律の胸がしくりと痛みを発した。そういえばロンドンに留学していた時も、彼が女性に声を掛けられるのを見て、いい感じがしなかったことを思い出す。自分のものでもないのに、リドワーンに触ってほしくないと思ったのだ。そして今は『触らないで』と訴えそうになる自分がいる。

その想《おも》いに莫迦な、と自分で突っ込んだ。大体、あの温和なリドワーンを怒らせ、そしてたぶん嫌われているのだ。そんなことを言ったら、ますますリドワーンに迷惑がられるに決まっていた。

『リドワーン殿下よりもアニーサ王女を愛していた？』

慧の声が脳裏に響いた。

愛していた……？

『愛』という言葉はとても深く、そしてたくさんの意味を持ちすぎて、律の心を迷わせる。いや、それ以上に心を乱されるのはリドワーンの律に対する態度だ。彼に嫌われているかもしれないという不安に、律の心は酷《ひど》く怯《おび》えていた。

どうしてこんなにリドワーンの態度に振り回されそうになるのか。

彼に嫌われたくないから――。

好きだから――？

「好き……」

胸にしっくりとその言葉が嵌《は》まった。

「……う、そ」

思わず律は自分の感情を否定し、頭を左右に振った。

「どうしよう……。もしかしてリドワーンのこと、本当にそういう意味で好きかもしれない」

混乱した頭を抱える。慧はこのことをわかっていたのかもしれない。だからあんな問い掛けをしたのだろう。

でもリドワーンにとったら、こんな感情は迷惑に違いない――。

途端、気持ちがしゅんと萎《しぼ》む。自分がいくらリドワーンのことを好きだと自覚しても、リドワーンがそれを受け入れるはずがない。姉を幸せにできなかった男が何を言っている、と嫌悪されるのがおちだ。

叶《かな》わない恋をしてしまったかもしれない――。

「どうしたら……」

律は小さく首を振った。

「……部屋で落ち着いて考えよう」

取り敢えず、自分にあてがわれた部屋へ戻ろうとすると、昨夜リドワーンと出会った回廊に差し掛かった。

もしかしてリドワーン、今日も中庭にいるだろうか……。

昨夜も律がいなければ、中庭で休憩でもするつもりだったはずだ。日も陰り、涼しくなった夕方に、彼が仕事の合間に中庭で涼んでいる可能性は高い。この困惑した状態でリドワーンに会うのは辛いが、アミンのことを一刻も早く確認したかった。

仕方ない、見ていくか……。アミンの件をそのままにしておくことはできないし……。

律は部屋に戻る前に、中庭を覗《のぞ》くことにした。

心地よい水の流れる音に誘われるまま、律はそっと中庭へ降りる。多くの花々で囲まれたそこは、まるで砂漠のオアシスみたいに緑に溢れていた。

その緑の合間から白いカンドゥーラが見える。律の心臓が大きく一つドクンと鳴った。

静かに彼に近づくと、彼が泉の傍の二人掛けの椅子で眠っていることに気づく。彼の膝の上にはアミンもいた。リドワーンから絶対離れないとばかりに、しっかりと膝にしがみ付いている。そしてリドワーンの手はそっとアミンの背中に置かれ、外敵から彼を守っているようにも見えた。

大切にしているのだ。リドワーンはアミンを、とても大切にしているのだ――。なのに、アミンのためなら手放す覚悟もしている。

見ているだけでそれが律に伝わってきて、胸が締め付けられた。

その子は本当に僕の子なんだろうか。僕の子を、どうしてリドワーンはそんなに大切にしているんだ？　アニーサの子でもあるから？

「っ……」

一瞬、死んだアニーサに嫉妬《しっと》してしまいそうになった。リドワーンが姉を大切にしているのは昔からだ。いまさらなのに、どうしても嫉妬を覚えてしまう。

律は小さく首を振った。本当にいまさらだ。そしてもう一度、アミンと二人で幸せそうに眠るリドワーンを見つめる。

どうしてそんなに大切なアミンなのに、将来アミンが本当の父親と一緒にいたいと言ったら、手放そうとしているんだ——？

幼稚園を手配した時のリドワーンの気持ちを考えると切なくなる。

リドワーンはまったく自分のことを大切にしていない……。

律は溢れそうになる涙を指で拭った。するとアミンが律の気配に気づいたのか、ぴくりと躰を揺らした。

「り、つ……さま？」

アミンが瞼《まぶた》を擦りながら律の名前を呼ぶと、リドワーンも目を覚ます。そして律を見つけると驚いたように目を見開いた。

「律——」

「あ、ごめん……。起こすつもりはなかったんだ」

「律さま、おしごと、おわったの？」

アミンがリドワーンの膝からぴょんと降りて、律に駆け寄ってきた。

「うん、終わったよ。アミンは今日、幼稚園へ行ったの？」

「うん、行ったよ。おうたをうたったの」

アミンが嬉しそうに教えてくれる。するとそこにリドワーンが入ってきた。

「アミンが幼稚園へ行っていることを誰に聞いたんだ？」

「……自然と耳に入ったんだ」

慧の名前を出してはいけないと思い、そう嘯《うそぶ》く。するとリドワーンが椅子の肘掛《ひじか》けに置いてあったベルを鳴らした。すぐにマリサ、アミンの乳母《うば》が現れる。

「アミンを連れていってくれないか」

「畏《かしこ》まりました」

「え？　ぼく、律さまにおうたをきいてもらいたい」

アミンが不服とばかりにリドワーンの許に戻り、彼の膝にしがみ付いた。そのアミンの頭を彼はそっと撫《な》でながら優しく言い聞かせる。

「マリサも聴きたがっていたから、まずはいつも世話をしてくれているマリサに聴かせてあげるべきだろう？」

「あ……」

リドワーンの言葉にアミンが何かに気づいたようだ。律とマリサを交互に見比べる。

「アミン様、マリサにアミン様のお歌、お聴かせくださいな」

マリサに促され、アミンは結局マリサのほうへと動いた。

「律さま、ごめんね。今度おうたきいてね」

「うん、今度聴かせてね、アミン」

笑顔で手を振ると、アミンもぱっと笑顔になり、そのままマリサと一緒に回廊に戻り、宮殿の中へと消えていった。

中庭にはリドワーンと律の二人きりになる。先ほどまで心地よかった水の音が、何故かぴりぴりとした音色に変わったような気がした。

律は緊張で喉《のど》に渇きを覚えながらも、掠《かす》れた声でリドワーンに声を掛ける。

「……リドワーン、一つ聞きたいことがあるんだ」

彼が視線だけ律に向けてきた。

「アミンが二歳だって、どうして嘘を吐いたんだ？」

彼の表情が少しだけ強張《こわば》る。

「アミンは三歳だと聞いた。どうして僕には二歳だと言ったんだ？」

律は自分の心臓が逸《はや》るのを自覚しながら言葉を続けた。

「……もしかしてアミンは……僕の子供じゃないのか？」

そう口にし、律はアミンが自分の子供であることに確信を持った。リドワーンの表情が鋭いものへと変わったのだ。一瞬にして不穏な空気が流れる。

後退《あとずさ》りしたくなるのを堪《こら》えて、リドワーンと対峙《たいじ》した。

「リドワーン!」

律の声に、リドワーンが真《ま》っ直《す》ぐ視線を向けてきた。そして傲岸《ごうがん》な笑みを口元に浮かべ、言葉を放った。

「それがどうした」

「っ……」

刹那、律の心臓がきゅっと収斂《しゅうれん》し、鋭い痛みを発した。だが今はそんなことに構っている暇はない。話し合わなければならないことが山ほどあった。

「な……、やはりアミンは僕の子なのか、くっ……」

いきなりリドワーンに手首を強く摑まれた。

「リドワ……っ」

「お前はアミンを私から取り戻すとでも言うのか?」

低く唸《うな》るような声だった。

「え——」

「お前がアミンを連れて帰ると言うのなら……ここに閉じ込めるぞ。それが嫌なら、明日にでも日本へ帰れ」

リドワーンは摑んでいた律の手首を乱暴に放して、背中を向けた。律はバランスを崩しそうになりながらも彼の後を追う。

「リドワーン、別に僕はアミンを君から取り上げようとか、そんなことは思っていない。だから話し合いをしよう」

その声にリドワーンが一旦立ち止まり、ちらりと視線を向けた。

「話し合い？　お前と話し合いをする気はない」

再び彼が足早に去ろうとする。だが律は必死で声を掛けた。きちんと今までのこと、そしてアミンのことを聞き出さなければならない。今聞かなければ、きっと一生聞けないような気がした。

リドワーン！

「逃げないで、リドワーン！　きちんと話し合おう。アミンのこと、そして僕たちのこと」

「聞こえなかったか？　アミンを連れ戻そうとするなら、お前を閉じ込める。お前はそんなに私に監禁されたいか」

「ああ、されたい。してみろよ。それで君が僕の話を聞いてくれるなら、君に監禁されてやるっ！」

「律……」

彼が驚いたようにこちらを振り向いた。チャンスだ。律はリドワーンを追い掛けると、今度は律から彼の手首を握った。

「監禁しろよ。それで君の気持ちが済むなら、僕はいくらでも監禁されてやる」

「お前は何を言っている……」

「僕は本気だ、リドワーン！」

リドワーンの困惑した瞳《ひとみ》に映し出された自分の姿を、律はじっと見つめた。


律が連れてこられたのは、リドワーンの私室、たぶん彼個人のリビングルームのような部屋だった。

落ち着いたクリーム色の大理石の床に、彼の好みとは違うと思われる薄い桜色がメインとなった幾何学《きかがく》模様の絨毯《じゅうたん》が敷かれてある。正面には今風であるが、美しいアラベスク模様をかたどった大きな透かし窓があり、そこからは夕陽《ゆうひ》が差し込んで、床にきらきらとした模様を映し出していた。

美しい夕陽に照らされた部屋に、リドワーンが立っている。それだけで律にとっては夢のようだった。

美しい男だった。バランスのとれた体軀《たいく》はどこかのモデルにもひけをとらないもので、どこにいても目を惹く。カンドゥーラの下に隠されている張りのある筋肉は滑《なめ》らかで、官能的でさえあった。

四年間、会いたくて、そして声を聞きたかった相手――。

「リドワーン……」

「どうした、怖気《おじけ》づいたか？」

「違う。聞いて、リドワーン。僕は君からアミンを奪おうとは思っていない」

まず、大切なことを言わなければならないと思い、律はアミンのことを切り出した。だがリドワーンはどこか信じられないという感じで、律の言葉を鼻で笑った。

「ふっ、自分の息子なのに、か？」

確かに、だ。だが律は改めて確認したかった。

「本当にアミンは、僕とアニーサの子供なのか？」

「DNA鑑定をした。必要とあれば、後で見せよう」

「DNA鑑定……」

覚悟していたとはいえ、その事実に衝撃が走った。ようやく実感が湧く。

「……そうか。アミンは僕の子なんだ」

昨日会ったばかりの彼に、どうしようもなく強い愛情を感じた。

「どうして、アニーサは離婚する時に、僕に子供ができたことを言わなかったんだ？　まだわからなかったのか？」

　彼の答えを待つ。だが彼はその質問には答えなかった。ただ、律を見つめるばかりだ。

「リドワーン、僕は父親である以上、責任はとるつもりだが、アミンの意思も尊重したいし、君からアミンを奪おうとまでは考えていない。できれば話し合いをしたい」

　リドワーンがアミンに家庭教師をつけるのではなく、一般人と一緒に学べる幼稚園に通わせていることからも、いつか律に渡さなければならないことを覚悟し、そして同時にそれを恐れていることも想像できた。だからこそ話し合いをして、最善の方法を考えたかった。だが――、

「律、お前に話すことは何もない。明日にでも日本へ帰れ。もう二度とここへは来るな。ブラッサムの支店の件も、お前以外の人間でなければ許可しない」

「なっ……どうして！」

　律は目の前に立つリドワーンの袖《そで》を摑んだ。たったそれだけのことだったのに、彼がわずかに驚く様子が見て取れた。

「くっ……」

　彼の唸り声が頭上で漏れる。刹那、律はリドワーンに抱き締められた。

「リドッ……」

　彼のオードトワレの香りがふわりと鼻を掠める。四年前も同じ香りを愛用していたこと

を思い出し、律はここが、この腕の中が、自分の居場所だとやっと理解した。

やっぱり僕は彼が好きなんだ――。

あれほど困惑していた感情が、驚くほどすんなりと、自分の中に受け入れられる。

好きだ、リドワーン……。

彼の背中に手を回そうとするが、彼が反射的に律を撥《は》ね退《の》ける。

「律、どうして私に抱き締められて、逃げない！」

彼が困惑した表情で怒鳴った。律も怒鳴り返す。

「どうしてって、君が好きだからだ！」

「な……」

彼の双眸《そうぼう》がこれ以上ないというくらい見開く。信じてくれないのなら、何度でも言いたいと律は思った。

「リドワーンが好きだから、逃げたりなんてしない！」

「何をお前は言っている！」

「自分の気持ちを素直に言っただけだ」

「っ……どうしてそんなことを言うんだ。私がどんな思いで、我慢しているか知りもしないでっ……」

「ああ、知らないよ。何故なら君は何も僕に話してくれないからな」

「お前の好きと私の好きは違うんだ」

リドワーンが今度はきつく律の手を摑んできた。

「どう違うか、教えてやる。そしてお前は私を嫌ってここから出ていけ！」

「あっ！」

いきなりリドワーンに抱えられたかと思うと、隣の部屋に連れていかれる。

そこは美しい木目調の部屋だった。アラブ式の造りというよりはアールデコ調のようで、磨き抜かれた濃い茶色のマホガニーの木材で統一された床と壁が、モダンでありシックであった。リドワーンがロンドンに滞在していた時のホテルもアールデコ調の建築だったので、それに影響されているのだろうか。

部屋の中央には天蓋《てんがい》付きの大きなベッドが置かれていた。それでここが寝室であることがわかる。先ほどの部屋とは違って、小さな窓が二つあるだけの、薄暗く落ち着いた部屋だった。

生成《きな》りの天蓋布は薄く、手の込んだ刺繡《ししゅう》がなされている。その周囲にはルームライトが幾つも天井から吊《つ》るされ、淡い暖色の灯を放っていた。まるで空間にライトが浮かんでいるようにも見える。

その明かりが薄い生成りの天蓋布に映り、何とも幻想的な様相を醸し出していた。

リドワーンは律を抱えたまま天蓋布を潜り、律をベッドへと下ろす。リドワーンを見上げると、彼の表情が苦痛に歪むのを目にした。

「リドワーン？」

「どうしてそんなに落ち着いていられる？　お前は自分の置かれた状況がわかっていないのか？　それとも私がお前を解放するとでも思っているのか？」

「えっ……？」

彼の手が躊躇いを見せながら律に触れてきた。

「お前を強姦《ごうかん》した男を、一生嫌えばいい！」

顎《あご》を指先で持ち上げられたかと思うと、彼の唇が律の唇へと落ちてきた。乱暴な言葉にはまったくそぐわないほどの優しく甘いキスは、彼の気持ちを代弁しているかのようで、律は胸を熱くする。

とても強姦されているとは思えなかった。リドワーンは自分を悪く言ったが、その扱いは言葉とは裏腹に壊れものに接するかのように丁寧だ。

更に律もまた、リドワーンのことを、こういう行為も含めて好きだということに気づいてしまった。

どうしよう、本当にリドワーンのことが『恋愛』という意味で好きなんだ――。

歯列の間から、彼の舌がするりと滑り込んでくる。それだけで律の心臓はバクバクと音を立てて跳ねた。リドワーンにされていると思うと、どこかの生娘《きむすめ》のようになってしまう。

好き――。

この想いがリドワーンに伝わればいいのに――。

口腔《こうこう》を弄《いじ》られると同時に律のワイシャツのボタンが器用に外され、シャツの下へと彼の手が入り込んできた。

「っ……」

その何とも言えない感覚に息を呑むと、彼が我に返ったかのように手を引っ込めた。そして眉間《みけん》に皺《しわ》を寄せる。そんな顔でもかっこいいと思う自分は、リドワーンのことが好きなんだと、また思ってしまう。そのまま彼に身を任せる。するとリドワーンの手がぴたりと止まった。

「律、お前、抵抗しなくていいのか？　逃げなければ私は本当にお前を抱くぞ。逃がしてもらえると思うな」

リドワーンはまだ律の気持ちを疑っているようだ。律は腹を括った。

「抱けばいい。僕の好きという気持ちが君と違うのか、確かめればいいじゃないか」

「莫迦な、私をそんな風に煽《あお》ったら後悔するだけだぞ！」

「しないよ！」

「くそっ……」

再び唇を塞《ふさ》がれる。今度は激しく長いキスだった。飲み込みきれない唾液《だえき》が律の唇の端から顎へと伝い落ちる。するとリドワーンの唇がその唾液さえ惜しいという風に顎へと滑り、舐《な》めとる。途端、ぞくぞくとした甘い痺《しび》れが律の下半身に生まれた。

「あっ……」

「感じたのか？」

彼が律の顔を覗き込んでくる。それでこの感覚を『感じた』と言うのだと知った。

「ふん、お前がどこまで意地を張るのか楽しみだな」

「意地なんて張ってない。君が僕の気持ちを疑っているのなら、それを証明するだけだって思っているから、絶対逃げないからな」

「その言葉、本気で受け取るぞ。私にはお前と駆け引きをする余裕などないからな」

そう言うと、リドワーンは再び律のワイシャツの下に手を入れてきた。やがてシャツがすべてはだけられ、彼が躊躇《ためら》いもなく律の真珠色の薄い肌に浮き上がった肋骨《ろっこつ》に沿って舌を這《は》わせてきた。

「んっ……あ……」

容赦なく淫猥《いんわい》な熱が律の下腹部へ集まってくる。こんなに急激に快感が溢れ出すようなことは初めてだった。

「律、男は初めてか？」

「……は、初めてに決まっている」

「そうか……」

急にリドワーンが律の上から退いた。そのまま隣の部屋へ行ってしまう。

もしかしたら男の経験がない律を面倒だと思ったのだろうか。それで置き去りに……。

「やだ、リドワーン、僕を置いていくな！」

律は慌てて上半身を起き上がらせ、隣の部屋に聞こえるように大きな声で叫んだ。すると
リドワーンがこちらに戻ってくる。

「お前が初めてだと言ったから、それなりに準備をしていただけだ」

「準備……」

「お前はまったく知らないのか？　だろうな、そうでなければ、私に抱かれようなんて、
簡単に決めるはずがない」

「……知識不足は認める。だけど簡単には決めてないよ。それにそのことで僕の気持ちが
変わることはないから」

「律」

「君こそ腹を括れよ。本当は僕のことを脅そうとしただけなのに、僕がナアム《イエス》と言ったか
ら、君のほうが引くに引けなくて困っているんじゃないのか？」

「はっ、言うな」

リドワーンが小さく笑った。

「私が困っているかどうか、律、それはお前の躰で知ればいい」

リドワーンが双眸を細め、ワイシャツの前がはだけた律の躰をまるで鑑賞するかのようにじっくりと見つめてくる。恥ずかしさで逃げたくなるが、どうにか踏ん張る。するとリドワーンが再び律の上に覆《おお》い被《かぶ》さってきた。

彼の体温が重なる。

「んっ……」

その心地よさに、ついくぐもった声が出てしまった。彼の口元が笑みを刻む。そしてそのまま律の胸に唇を落とし、まだ膨らみを持たぬ乳首を口に含んだ。

「リドワッ……」

きゅうっと乳首を吸われたことには驚いたが、だからと言って、そこに快感を覚えるわけではなかった。

そのままペチャペチャと音を立てて舐められる。

「どうして胸なんか……っ……」

こんな真っ平らな胸に、魅了されるものなどないはずだ。なのにリドワーンは執拗《しつよう》に舐めてきた。

「すぐここで感じるようになる」

「そんな……」

信じられない思いで律の胸に舌を這わせるリドワーンを見た。魅惑的な彼は女性に人気があり、ロンドンでもいつも秋波を送られていたが、律がいると常に律を優先してくれる友人思いの男だった。

もしかしたら、僕のことを昔から好きでいてくれた――？

そんなことにいまさら気づく。

「あっ……」

乳頭に彼の歯が当たった。甘噛《あまが》みされながら緩く引っ張られる。小さな刺激は、やがて軽い疼痛《とうつう》となり、じんわりと律の神経に染み込んできた。そしてある時を境に、何とも言えない感覚が胸から溢れる。それはどんどんと形を変え、いつの間にか律の躰の芯を蕩《とろ》かす熱となった。

リドワーンに乳首を吸われてから何度目だっただろうか。突然得も言われぬ快感が律の下半身から湧き起こった。

「あぁぁっ……」

心臓がどくどくと音を立て始める。同時にどろりとした甘ったるい血が全身に巡るような感じがした。

「な……だめっ……それ以上……あ……舐める……なぁ……っ……あぁ……」

律の声にリドワーンは吐息だけで笑った。

「フッ、何故だ？　気持ちがいいのだろう？　なら、もっと快感に溺《おぼ》れろ。そうしたら私から与えられる苦痛も和らぐだろう」

苦痛――。そんなことはない。リドワーンから与えられるものに苦痛などない。それを彼にわかってほしいのに、彼はまだ律を無理やり抱くとでも思っているのだろうか。そんなことないのに――。

「苦痛、じゃない……」

「まだ言うか」

彼はそう告げると、今度は舌を這わせていないほうの乳首を指の腹で捏《こ》ね出《だ》した。

指の腹でくりくりと乳頭を押し込まれ、ぷっくりと乳頭が腫《は》れてくると、指先で摘《つ》ままれる。乳輪に沿って円を描くように捏ねられれば、そこからまたもや感じたこともない快楽が生まれてくるのを、認めずにはいられなかった。

「あぁあっ……あぁあ……」

「律、お前の両方の乳首が私に弄られて悦《よろこ》んでいるようだぞ。ぷっくりと膨らんで勃《た》っている。何とも卑猥《ひわい》だな」

「言わないで……っ……」

自分がリドワーンの愛撫《あいぶ》に感じていることを口に出され、恥ずかしくて堪《たま》らない。

「まだ下半身にはまったく触れていないのに、そんな風になってしまうとは、これからが大変だな、律」

「あ――――」

何がこれから大変なのかわからないが、そんなことを言われ、少し不安になる。

男同士のセックスはどうするんだった――――?

そんな律の不安を感じ取ったのか、リドワーンが意地悪く笑った。

「大丈夫だ、私が最後まで可愛がってやる」

リドワーンの手が、いきなり律のスーツのトラウザーズを脱がした。

「えっ⁉」

驚いている暇もなく、彼の指が下着に入り込み、律の下半身に触れる。もぞもぞと彼の指が下着の中で動く様子はとてもでないが、恥ずかしくて見ていられなかった。そのまま竿《さお》の両側にある蜜袋《みつぶくろ》を彼の指が揉《も》みしだく。

「あっ……んっ……はぁ……ぁぁ……」

男同士だからだろうか。感じる場所を把握されているようで、律はリドワーンの愛撫に翻弄されるしかなかった。与えられるのは凄絶《せいぜつ》な愉悦だ。今までこんなに感じたことはないくらいの快感の塊が律に一気に押し寄せてきた。だがリドワーンが急に律の根元を指で押さえ、情欲に染まった熱を堰《せ》き止める。

「くぅぁっ……」

「指に吸い付くような肌だな……。想像していた通りだ。律、お前の肌は私を虜《とりこ》にする」

耳に舌を入れられながら囁《ささや》かれる。それだけで律の下半身がぶるると大きく震えた。リドワーンもその様子を知っているはずなのに、わざと無視をしているのか、律の根元を締め付けている指を外してはくれず、達《い》ききれなかった。

それどころか、天蓋布の一部を束ねていた飾り紐《ひも》に手を伸ばして解《ほど》き、指で締め付ける代わりに、律のそれに巻き付ける。宝石が縫い付けられた金色の飾り紐が、律の劣情の根元で輝いた。

「なっ……何を……あっ……」

リドワーンに触れられるだけで神経が昂《たか》ぶり、どこもかしこも敏感になる。根元を縛られていても、律の劣情は大きく頭を擡《もた》げ始めた。

その張り詰めた下半身に彼の指が絡み、巧みに扱《しご》き始める。両脇の袋を強く揉まれたかと思えば、中心の欲望を強弱つけて扱かれた。すぐにグチョグチョと濡《ぬ》れた音が下肢から聞こえ出す。

「あぁぁ……だめ、そんなに強くっ……ああ……」

「だめだめばかりだな。まあ、お前の本意ではないセックスだから仕方ないか」

「そ……う……じゃ……あぁぁっ……はぁ……ふっ……」

そうじゃないと言い返したいのに、快感に追われ、きちんとした言葉が喉から出てこない。気が遠くなるほどの快感が、波のように繰り返し襲ってきた。

もう達く————っ！

だがその瞬間は来なかった。紐で堰き止められているせいだ。

「あっ……んっ……は……や……」

達きされないもどかしさに、つい喉から甘い声が漏れてしまった。躰の中で渦を巻く熱を早く出したいのに出せない苦しさが律を襲う。

「まだ達かないほうがいい。あとが辛いからな。ここを縛っておけば、勝手に達けないから大丈夫だ」

狂おしい喜悦に悶《もだ》えていると、リドワーンが律を気遣ったがために、下半身を紐で縛ったようなことを言ってきた。本当に気遣ってだろうかと疑問に思うが、それを口にする余裕は律になかった。

そうしているうちにカチャリと金属が擦れるような音がする。霞《かす》む視界に小瓶が映った。

「潤滑油だ。催淫剤《さいいんざい》が入っているから、楽に私を受け入れられるだろう」

潤滑油……催淫剤？

それでようやく男性のセックスはあそこで繋《つな》がるのを、どこかで読んだことがあると思い出した。

「う……」

見たことはないが、たぶん大きいだろうリドワーンのあそこを、自分の小さな孔《あな》が受け入れるのかと思うと、さすがに腰が引ける。知らず知らずのうちに、躰がリドワーンから逃げようと動いてしまった。だがリドワーンに足首を捕まえられ、引き戻される。

「いまさら逃げてももう遅い、律。可哀想《かわいそう》だが、ここまで来たら、もう私に抱かれるしかない」

両膝をこれ以上ないと思われるくらい大きく左右に開かされた。たとえ愛する男が相手でも、さすがにこの醜態は耐えられず、律はどうにか膝を閉じようと足掻《あが》いた。だが、リドワーンが腰を進め、律の内腿《うちもも》に入り込み、膝が閉じられないようにしてくる。

律は一糸纏わぬ姿で、秘部まで彼に晒《さら》しているというのに、リドワーンは服一つ乱れていなかった。悔しいことにその男ぶりは四年前よりもますます上がり、見惚れるほどの美丈夫《びじょうぶ》だ。律と同じ黒髪なのに、もっと深い色をした黒い髪は、彼の整った顔をより一層際立たせている。こんな極上な男が自分を抱こうとしていると思うと、律の躰の芯が甘く震えた。

「そんな顔をして私を見つめるな、律」

僕がどんな顔をしていると言うんだ——？

「私を恨め、律。『恨み』でもいいから、お前からの特別な感情を私に一つくれ——」

どうして恨まなければならない——？

聞きたいことは山ほどあるのに、快感に追い詰められた律の口元からは、すべて嬌声《きょうせい》となって零れ落ちてしまう。

「あぁっ……」

リドワーンは律の震える下半身の裏筋をそっと指の腹で撫でた。

「もう紐も濡れてしまって、使い物にならないな」

そう言って指を臀部《でんぶ》へと滑らせた。そのまま双丘の狭間《はざま》へと進む。

「んっ……」

彼の指が潤滑油で濡らされていたようで、水っぽい音をさせて律の蕾《つぼみ》へと侵入した。

「やっ……」

違和感に身を捩《よじ》る。

「お前を傷つけないためだ。少し我慢しろ。すぐによくなる」

そう言って、リドワーンは律の中に指を沈め、ゆっくりと掻き回した。途端、ぞくぞくとした痺れが律の背中を駆け上がっていく。

な、なに——？

「あぁぁぁ……」

何もされていないのに、律は吐精してしまった。いや、していない。したように思っただけで、未《いま》だ下半身の根元はきつく縛られ、じんじんと痺れていた。

「もうここで感じたか。さすがは律だ。優秀だな」

首筋に唇を寄せられながら、吐息混じりに囁かれる。

「律のいいところはここだ」

ここだと言われ、熱で潤む隘路《あいろ》の一部をやんわりと押される。するとまた律に恐ろしいほどの快楽が溢れてきた。

「あぁぁっ……」

「ここを私のもので擦って、これ以上ないほどの快楽をお前に与えてやろう」

リドワーンに何度もそこを擦られ、律はとうとうあまりの快感にぶわっと涙を溢れさせてしまった。

「泣くほどいいか？　可愛いな、律は」

リドワーンに激しくそこの一点を擦り上げられ、律はすすり泣く。やがて指が二本に増やされた。

「んっ……はぁ……あぁっ……」

内壁の襞《ひだ》が押し広げられる感覚に射精感を募らせる。焦《こ》がれるような熱に翻弄された。

「律、三本目だ。ゆっくりと息を吐いて」

「あっ……」

潤滑油だろうか、律の蕾からねっとりとしたものが内腿に伝い落ちるのを感じながら彼の指を受け入れる。

「あっ……はぁ……っ……や……あぁぁ……」

するとそこに更に生暖かい感触が生まれた。自分の下肢を見ると、リドワーンが律の蕾に舌を這わせていた。

「リドワーン！　あっ……そんなとこ……舐めない……でっ……あぁぁっ……」

普段の彼の秀麗な姿と今の卑猥な姿のギャップが、律をますます快楽の淵《ふち》へと追い詰める。神経という神経がショートし、全身に凄《すさ》まじい痺れが走った。

「挿《い》れるぞ」

「な……そんな……入らな……いっ……くうっ……はあっ……」

「入るさ」

リドワーンの艶《なま》めいた声に、律の心が大きく震える。この男に抱かれるのだと思うと、恐怖だけではない、不思議と幸福感が胸に溢れた。

あ……リドワーン……。

彼は『強姦』だと言ったが、律にはそんな風には思えなかった。初めての律を傷つけないように注意深く、そして優しく抱いてくれていることがわかる。律もまた、リドワーンから与えられる快楽をすべて受け止めたかった。

指が引き抜かれる。そのあとすぐに圧倒的な質量を伴う灼熱《しゃくねつ》の塊が、律の蕾にあてがわれた。

「あっ……」

物欲しそうな声が漏れる。その声に触発されたかのようにリドワーンの楔《くさび》が律を一気に貫いた。

「あぁぁあっ……」

全身が引き攣《ひっ》り、息が止まりそうだ。

「息を吐け、律。躰から力を抜け」

リドワーンの声に、律は意識して息を吐いた。ズクンと更なる奥に熱杭《ねつぐい》が穿《うが》たれる。

「あっ……ふっ……」

熱い。リドワーンと重なっているところ、すべてが燃えるように熱かった。

「もう少しだけ我慢しろ」

リドワーンがそう言いながら、挿入の痛みで萎《な》えていた律の下半身をそっと摑み、優しく扱き始める。

「あっ……」

ゆっくりと忘れかけていた快感が蘇《よみがえ》ってきた。次第に躰からも力が抜ける。

「そうだ、律。そうやって躰から力を抜いているんだ……」

優しい指使いに、律の理性が呑み込まれていく。

「あ……もう……出る……っ……出ちゃ……う……か、らっ……あぁ……」

「だめだ。もっと我慢して快感を高めろ。お前の体力がもたないぞ」

それまで律の下半身を優しく扱いていたリドワーンの指先が律を縛り付ける紐に掛かった。きゅっと更にきつく締められる。

「なっ……」

自由に射精できないことに恐怖を覚えると同時に、余計射精感が募った。

「や……紐、とって……っ……あぁぁあああ……」

抗議の声を打ち消すかのように、リドワーンが腰の動きを速くする。緩急をつけた抽《ちゅう》挿《そう》に律の理性が吹き飛んだ。

「達きたい……あぁぁ……お願……い……っ……はっ……ふ……」

自然と律の腰が揺れる。本能なのかどうやったら気持ちよくなるのか躰が知っているようで、更なる快感を求めて腰が揺れ出した。

「……扇情的な光景だな」

リドワーンの甘く濡れた声が律の鼓膜を震わせる。

幾度となく躰の奥深くまで彼の熱に穿たれ、堪らずそれを締め付けると、見計らったたかのように引き抜かれた。そんなシンプルな行為を繰り返すうちに、律は凄絶な快楽に引《ひ》き摺《ず》り込まれる。

「あ、あ、あ、あ……」

細やかなリズムを刻むスタッカートのような嬌声が唇から零れ落ちた。

もう何も考えられない。早く達きたくて堪らなかった。

初めて男に抱かれたというのに、こんなに感じるのは、催淫剤の効果だけではない気がする。リドワーンがそれだけ注意深く、律の快感を優先してくれている証拠だろう。

愉悦に痺れる敏感な媚肉《びにく》を、リドワーンの楔に力強く擦り上げられる。それと同時に律の下半身を締め付けていた紐が解かれた。

「なっ……あぁぁぁぁっ……」

堰き止められていた熱が勢いよく噴き出す。まったく堪えることができなかった。しかもあまりの勢いで、自分の下腹部だけでなく、リドワーンの頬にも卑猥な蜜が飛び散ってしまい、律は自分の醜態に動転する。

だが、リドワーンはそんな律を横目に、己《おのれ》の頬に飛んだ精液を指で拭い、ぺろりと舌で舐め上げ、人の悪い笑みを浮かべた。

「律の蜜はこういう味がするのか……」

「やめ、リドワーン、そんな……の、舐め……るなっ……うっ……」

抗議するも、話は聞かないとばかりに、リドワーンは腰の動きを一段と激しくした。彼の劣情の楔が、律本人でさえ知らない場所を暴こうと奥へ進んでくる。

「あっ……動か、ないで……それ以上……おかしく……なるっ……あぁぁっ……」

「おかしくなればいい……っ……」

どこまでも奥へと入り込んでくる熱の塊に、躰の芯が蕩けそうな気がした。激しく揺さぶられ、その刺激に躰がとろとろに蕩ける。もしかしたらリドワーンと一つになってしまったのではないかという錯覚さえ抱いた。

「あぁぁっ……はあっ……はあ、はあ、はあ……っ……んっ……」

躰の奥で熱い飛沫《ひまつ》を感じる。リドワーンがやっと達したのだ。律は自分の下肢がどろりとしたもので濡れるのを感じながら、リドワーンの胸に頬を預けた。


ベッドの軋む音がして、律は意識を浮上させる。

既に深夜のようだった。ベッドで抱かれた律は、その後もシャワールームに場所を移して抱かれ、また寝室に戻って、リドワーンと肌を重ねた。

嵐《あらし》のような逢瀬《おうせ》だった。リドワーンに激しく求められ、理性も何もかも吹き飛び、最後は本能だけで彼を欲したのを、朧《おぼろ》げながら覚えている。

恥ずかしい……。

だがこの胸に溢れる愛《いと》しさに、自分でもどれだけリドワーンのことが好きだったのか思い知った。

恥ずかしさで傍らに寝ているリドワーンの顔がまともに見られない。

ベッドを覆う天蓋の幕に淡いルームライトに照らされたリドワーンの影が映っていることにふと気づき、律はその影を見つめた。

ぼんやりとルームライトに照らされた男の影が長く、長く伸びる。その影が律の頭をそっと撫でてくれた。

刹那、躰に微《かす》かだが快楽の焔《ほのお》が灯《とも》った――。

律はそのまま目をきつく瞑《つぶ》り、淫猥な愉悦に耐えた。躰の奥には太くて硬い物が未だ嵌められているような感覚が残っている。

リドワーンがわずかに動く気配がし、律はとうとう彼のほうへ顔を向けた。服を着始めていた彼と視線が合う。瞬間、リドワーンの眉間に皺が寄り、その双眸が苦しげに細められた。彼の黒い瞳がわずかに揺れるのがわかり、律は一瞬、彼が泣くのではないかと思えた。

「リドワーン……？」

彼はすぐにその夜の帳《とばり》のような色の瞳を、薄い瞼で閉じて隠す。そして次にその瞳が瞼の奥から現れた時には、既に鋭い光を放っていた。彼の強い意志を感じずにはいられない。

「――お前がアミンを連れて帰ると言うのなら、ここから逃がさぬ。私にこれ以上凌《りょう》辱《じょく》されたくなければ、アミンを置いて、さっさとこの国から立ち去るがいい」

え――？

リドワーンはまだ勘違いをしている？

そう気づくが、律が何かを言う前にリドワーンはそのまま素早くカンドゥーラを着ると、律を振りきるかのように部屋から出ていった。

「リドワーン！」

やっとのことで声がしっかりと出た。だが彼の姿はもうドアの向こうに消え、ドアが閉まる音が部屋に響いただけである。

「あっ……」

律はそのまま力なくベッドに伏した。躰に力を入れれば、どこもかしこも情事の痕《あと》が疼《うず》き、まともに起き上がれなかった。

リドワーン……。

もしかしたらリドワーンは一方的に律を強姦したのだと思っているのかもしれない。それならば、先ほどの彼が泣きそうな、そして後悔をしているような表情をしたのも説明できる。

そんな――。

律が躰を彼に素直に引き渡したのを理解してくれなかったのだろうか。催淫剤入りの潤滑油のせいで、ああも乱れたのだと思われたのなら心外だ。

君が相手だからなのに――。

「く……頑固者め」

リドワーンの頑《かたく》なさに腹が立つ。

「こんなの……抱かれ損じゃないか」

意を決して抱かれたのに、律の真意がまったく彼に通じていないなんて、抱かれ損と言わずに何と言うのだ。

「もう、どうしたらいいんだ……」

シーツに頬を付ける。シーツは上質なものらしく、肌触りがよく、ひんやりとして心地よい。

「とにかくアミンのことをきちんとしなきゃ……。そのためには彼としっかり話をしないとだめだな。僕は決してアミンを日本へ連れ去ろうとは思っていないって、理解してもらわないと、リドワーンとはいつまで経っても平行線だ……」

取り敢えず、今は腰も立たない状態なので、とてもリドワーンを追っては行けない。

あ……。

そう思い至って、律はあることに気が付いた。躰が綺麗に拭《ふ》かれて寝間着を着せられているのだ。

そういえばリドワーンに躰を拭かれたような記憶がある……。

『律、すまない……』

リドワーンが、激しい性交でほとんど意識を手放していた律に、謝り、そして綺麗に躰を拭いてくれていたことを思い出す。王子という身分でありながら、リドワーンは律を誰にも触らせなかった。

今だって――。

律の意識がないと思っていたからだろうが、頭をそっと撫でてくれた。そこかしこでリドワーンの愛が律を包み込んでくる。

『お前の好きと私の好きは違うんだ』

アミンのことがあるから、きつく当たられてはいるが、肌を重ねる前にリドワーンが放った言葉から、彼に愛されているような気がしてならなかった。

違わない、一緒だ――。

リドワーンも僕のことを愛してくれているのなら、紛れもなく同じ気持ちだ。

「リドワーン……」

彼の名前を呟けば、小鳥が羽ばたいたような擽《くすぐ》ったい気持ちが芽吹く。

アニーサのこと、そしてリドワーンのこと――。離婚してから放っておいたことが、今になって律に降りかかってきた。

アニーサから離婚を切り出された時は、押しきられて真実を知ることはできなかったが、今度こそは諦《あきら》めることなく、本当のことが知りたかった。そうでなければ前へは進めないだろう。

もっと早くに解決しなければならなかったことかもしれないが、今だからこそできることもたくさんあるような気がする。

四年前で止まっていた三人の関係をはっきりさせないといけない――。

律は拳に力を入れ、シーツを強く握りしめた。


朝、タリーフに促されて、律はダイニングルームで朝食をとった。既にリドワーンもアミンも朝食を済ませたようで、二人の姿は見えない。

律は朝食を終えた後、そのまま自室に戻って、昨日、大学で集めたアンケートをチェックすることにした。

リドワーンに言われるまま日本へ帰る気なんてさらさらない。ただ日本に残してきた仕事もあるので限度はあるが、できる限り滞在するつもりだ。こうなったら籠城《ろうじょう》だ。ただあらぬところが痛いので、椅子にクッションを敷いての籠城であるのが少し辛い。それでもいわゆる兵糧《ひょうろう》攻《ぜ》めにならないだけ、随分マシだと思って耐えることにした。

「腹が減っては戦《いくさ》はできぬ、って言うしな」

律は、パソコンで電子カタログを呼び出し、自社製品でデルアンの若者たちの需要に合うもの、または少し手を加えたくらいで商品化ができるものがあるか検討し始める。ここ、デルアンでは、好みの色や使う文具の傾向も日本とはまったく違った。

イギリスに留学していた時も、手で文字を書く機会があったが、シャープペンシルや消しゴムを使っている人は、周囲にはほとんどいなかった。当たり前だが日本で普通に使っている文具も、国によっては人気がなかったり、使われていないことが多々ある。

カタログを見ながら、戦略のトップを切るに相応《ふさわ》しい文具を探していると、ドアがノックされた。返事をするとタリーフが銀のトレイにティーポットとカップを載せて現れた。

「お仕事中、失礼いたします。紅茶はいかがでしょうか？　アラブ式ではなく、イギリス式の紅茶をお持ちしました」

「あ、お気遣い、ありがとうございます」

アラブ式の紅茶も慣れればそれなりに飲めるが、やはり飲み慣れたイギリス式の紅茶のほうが仕事の合間に飲むにはベターだ。

タリーフは律の返事を聞くと、手際よくお茶の用意をする。

「律殿」

タリーフがお茶を淹《い》れながら話し掛けてきた。

「何卒《なにとぞ》、お帰りにならないでくださいませ」

「え……」

「昨夜、何があったかは、大体のことは存じ上げております」

「う……」

タリーフが昨夜のことを知っているのは当たり前だが、改めて言われると気まずい。律は視線を下に向けた。

「律殿にはお辛い状況でいらっしゃるかと思われますが、どうかリドワーン殿下と今一度お話をしていただけませんでしょうか」

そういえばタリーフは、昨日宮殿に戻る際、アミンが三歳であることを言いにくそうではあったが、律に教えてくれた。たぶん、それはリドワーンの意志に反した言動であったことに気づく。

「タリーフさんは、僕がこのまま帰ることを望まないと？」

「はい。昨夜のようなことがあり、律殿のお気持ちを考えると、こんなことをお願いできる立場ではございませんが、もうリドワーン殿下の、今朝のあのようなお姿を目にするのは、これで最後にしたいのです」

今朝のあのようなお姿……。

どんな姿だったか、簡単に想像ができた。律を強姦したと思い込み、後悔で憔悴《しょうすい》しきっていたのだろう。

「タリーフさん、僕は別に辛いとか、リドワーンのことが嫌いだとか、そんな風に思ったことはありません」

「律殿……」

「どうしてリドワーンは僕を排除しようとしているのでしょう?」

それがどうしても聞きたい。アミンを理由に、リドワーンは二言目には、律にデルアンから出ていけと言う。どうしてそんなに遠ざけようとするのかわからない。

じっとタリーフを見つめていると、彼がぽつりと呟いた。

「律殿を愛されているからですよ」

「え……」

「殿下は律殿を愛されているからこそ、貴方様《あなた》を手放されることを決めているのです」

律の心に強い風が吹いた。

◆ V ◆

リドワーンと初めて肌を重ねてから二日経《た》ったが、彼とは一度も会う機会がなかった。明らかにリドワーンに避けられているとしか思えない。

気持ちが少しだけでも通じ合ったと感じたのは律《りつ》の思い込みだったのだろうか。

タリーフには、リドワーンは律のことを愛していると言われたが、本当にそうなのか疑いたくなる。帰ると言い出しかねない律を宥《なだ》めるために言っただけかもしれないとさえ思えてきた。

「だめだ……。ネガティブになっている」

仕事用のモバイルパソコンを閉じ、律は机に突っ伏した。

『お前の好きと私の好きは違うんだ』

もしかしてあれは、律の恋心を察知したリドワーンが牽制《けんせい》して発した言葉だったかもしれない。

本当はまったくの逆で、リドワーンの友情という意味の『好き』と律の恋愛感情の『好き』とは違うということだったとしたら――。

「僕の勘違いだったってこと――？」

ひやりとした。自分はリドワーンに抱かれて嬉《うれ》しかったが、彼は律を早く日本へ帰らせるために、本当は嫌がらせで律を抱いたのかもしれない。

こんなに好きなのに――。

鼻の奥がツンとした。情けなくも泣けてきそうになる。

彼は強姦《ごうかん》だと言ったが、律は合意の上で抱かれたと思っている。だから余計彼に『強姦』と言われるのが辛《つら》かった。

でも――。

それでも、僕はリドワーンが好きなんだ。好きでいることをやめられない――。

リドワーンからはすぐにでも日本へ帰れと言われたが、確かに律のタイムリミットも近づいていた。日本に残してきた仕事が溜《た》まりに溜まっているのだ。

本当はそんなリドワーンの言いつけを聞くつもりはないが、状況的に聞かざるを得なくなってきている。

会社からも、なかなか外出ができない律に対して、現地の情報が集まらないようであれば、一旦《いったん》戻ってくるようにも言われていたので、これ以上滞在期間を延ばすのは難しかった。もちろん会社には軟禁されているとは言っておらず、アニーサの関係で少し立て込んでいて、外出がままならないと苦しい嘘《うそ》を交えて伝えていた。

一応、明後日《あさって》のフライトの予約が取れたので、それまではどうにか踏ん張って、もう一度リドワーンとの話し合いの機会を得るつもりだった。

それにアミンに関しては、ここに来てから数度しか会えていない。帰る期日が迫ってきているのもあり、少しだけ焦《あせ》りを覚えていた。

アミンは自分の実の息子なのだから、もっと会いたいし、話もしたかった。その権利はあると思う。だがリドワーンの気持ちを考えると、あまり強くは言えなかった。

スムーズにリドワーンとアミンのことも含めて話ができないか、幾つか頭の中でシミュレーションしてみたが、どれも何か足りず、上手《うま》くいかない。

今日も日中は仕事をしたが、さすがにそろそろやることがなくなってきていた。どうせなら、街に出て実際売られている文房具の調査がしたいところだが、それもできないので、律は仕方なく、夕食までの間、リドワーンと出会った中庭で夕涼みをすることにした。

ここでリドワーンに会うことはまずないと思うが、わずかな望みを託し、この二日間通っている。

夕暮れの空を見上げていると、視界の端で何かが動いた。

え？

よく見ると、青年が塀を越えて中庭に入ろうとしている。しかもその青年は、先日アニーサの陵墓で会った晴希《はるき》という青年だった。すぐに彼と目が合うと、彼はぱっと花が咲いたような魅力的な笑みを浮かべる。

「あ、律さん？　こんにちは。ここにいらっしゃってよかった、部屋に行く手間が省けました。あっと、これタリーフさんも知っていることなので、騒がないでくださいね」

塀を乗り越えてくるという異常な事態なのに、その状況にそぐわない可愛《かわい》らしい笑顔で話し掛けられ、律は戸惑うしかない。

「えっ……？」

おたおたしているうちに、彼が軽々と塀から飛び降り、律の前へとやってきた。

「君に会いたくて、それでタリーフさんに頼んだら、侵入を手伝ってくれたんです。リドワーンには内緒にしておいてくださいね」

「内緒って……」

タリーフが一枚噛《か》んでいるらしい彼の秘密の侵入に、律は目を丸くするばかりだ。しかもリドワーンのことを呼び捨てにしているところから、彼も慧《けい》と同様、リドワーンの友人なのかもしれない。

「えっと……君は晴希、さん？」

「はい、先日は挨拶《あいさつ》もせずにごめんなさい。慧から律さんが気にしていたって聞いて、気になっていたんですよ」

にっこりと笑う彼に目を奪われる。だが、こんなに可愛らしい容姿なのに、あの中庭の、確かにそんなに高くはないが、塀をひょいと乗り越えてきた彼は、ただ者ではない感じがした。

「あ、いえ、こちらこそ。えっと晴希さんは第五王子の関係者って聞いているんですが、今日はどうして僕に会いに？」

「アルディーン……あ、第五王子のことなんだけど、リドワーンの様子が、ここ二日ばかりおかしいと心配していたんです。それでタリーフさんに声を掛けたら、律さんがアミンを連れて日本へ帰るかもしれないから、リドワーンが心配になって監禁しているって聞いて、驚いて様子を見にきたんです」

「監禁って……タリーフさんも大げさな。大丈夫ですよ、僕はこうやって宮殿の中では自由に動いてます」

「でも外出はできないんですよね？　慧がリドワーンに律さんと会いたいって連絡したけど、断られたって聞きましたよ」

「そんなことが……」

慧と会うなら、仕事の可能性も高いのに、リドワーンは律に一言の相談もなく、断っていたようだ。

「あの、晴希さん、一つ聞いていいですか」

「晴希でいいですよ。僕も君のことを律って呼んでもいいですか？　慧の友達なら僕も友達になりたいから」

晴希の屈託のない笑みが律の心を癒《い》やす。日本人かと思ったが、ハーフかもしれない。どこか異国情緒を感じさせる美青年だった。

「友達なんて……。でもぜひ。律って呼んでください」

「ありがとう、じゃあ、早速、律、僕に何を聞きたいんですか？」

「あの……アミンの父親は本当に僕でしょうか？」

その質問に一瞬晴希が戸惑ったのを目にした。だがしばらく逡《しゅん》巡《じゅん》した後、ゆっくりと口を開く。

「――――そうですね。だから僕たちはアミンと律を会わせることを、タリーフさんと一緒に計画したんです」

「え⁉　計画って……」

思いも寄らぬ言葉に律は大きな声を上げてしまった。すぐに晴希に人差し指を唇の前に立てられ『シッ』と言われる。律は慌てて頷《うなず》き、周囲に目を配った。誰かがやって来る気配はなく、取《と》り敢《あ》えず安堵《あんど》する。晴希は小さく笑みを浮かべ、そのまま話を続けた。

「このままでは、たぶんリドワーンは、一生、律に連絡することなく、アミンと生きていくつもりだったでしょう。万が一、律に知られて、アミンを取られてもいいようにアミンを庶民の通う幼稚園に通わせたりはしていますが、それでも奪われることをよしとせずに、君には絶対知られないよう動いていました」

「そんな……じゃあ、どうして今頃……アニーサが亡くなったから？」

その質問に晴希の首が縦に振られる。

「アニーサが亡くなり、リドワーンのアミンへの溺愛《できあい》に拍車がかかりました。僕たちも、このままではリドワーンが幸せになれないと思い、律をこの地に呼ぶようタリーフさんたちと計画したんです。アミンに本当の父親に会わせたいという思いもありましたが、リドワーンのため、が一番の理由です」

「リドワーンのため……」

慧もだが、皆がリドワーンのために動いていることで、リドワーンがどれだけ皆に好かれているかが伝わってくる。だからこそ今の状況が、リドワーンらしくないこともわかった。

「ええ、このままではリドワーンが不幸になってしまうから、どうにかしたくて、ちょっと荒業《あらわざ》を使ったんです。だから急にデルアンへお呼びたてしてしまって、ごめんなさい」

どうやら律がアニーサの墓参りという名目でここへ呼ばれたのは、晴希たちの思惑のようだ。

「いえ、むしろ呼んでくださってありがとうございます。助かりました。僕は何も知らなかったから……」

　リドワーンの周囲に、こうやって彼のために動いてくれる友人がいることに感謝する。今の律ではリドワーンと言葉を交わすことさえ難しいので尚更《なおさら》だ。

「今日、ここに来たのは、律が日本へ帰ってしまう前に、伝えたいことがあったからです」

「伝えたいことって……」

　鼓動が少しずつ速さを増す。今まで靄《もや》がかかっていたものの一つが、少しずつクリアになっていくような感じがした。

「アルディーンはアニーサと同い年なこともあって、仲の良《い》い義兄妹だったんです。それで生前、アニーサから頼まれごとをしていたということで、今動いています」

「え？　動いているってどういうこと？」

　律の知らないところで、何かが動き出している。

「ええ、実はアニーサが事故で亡くなる二週間程前、彼女がアルディーンに会いに来たんです。彼女の死後、もし律がデルアンに来るようなことがあったら何か渡したいものがあるという話だったんです。で、それを持っているのが、ニューヨークにいる御方で、今、連絡を取っているところです」

「アニーサが僕に渡したいもの……?」

ここにきて、生前のアニーサの動きが、やっと律の耳に入ったのだった。

＊＊＊

その日、アルディーンが公務から戻ると、客間に同い年の腹違いの妹、アニーサが訪ねてきていると報告を受けた。

アルディーンとしては晴希と結婚したばかりの新婚時期だ。一秒でも長く晴希と一緒にいたいところだが、義妹のアニーサの来訪となれば無視もできない。

仕方なくアルディーンは帰りを待っていてくれた晴希の顔をちらりと見てキスを交わすと、そのまますぐに客間に向かい、アニーサと会った。

アニーサはハイブランドのヒジャブとアバヤを颯爽《さっそう》と着こなし、相変わらずお洒落《しゃれ》に気を遣っていた。

「アニーサ、どうしたんだ、急に」

「ごめんなさいね、新婚さんのお住まいにお邪魔してしまって。すぐ帰るから許してね」

「毎日来られては困るが、たまになら大丈夫だ。それにしても珍しいな、お前が連絡もなしに来るとは。何かあったのか?」

アルディーンが尋ねると、アニーサはその美しい容貌《ようぼう》を少しだけ歪《ゆが》ませた。何か言いにくいことがあるようだ。アルディーンはソファーに座り、アニーサが口を開くのを待つことにする。するとアニーサは何かを決心したかのように話し出した。

「ねえ、アルディーン。お願いがあるの。もし私が死ぬようなことがあったら……」

突然の言葉にアルディーンは驚く。

「アニーサ、縁起でもないことを言うな。お前のような心臓の強いヤツは、簡単に死ぬことはないから安心しろ」

そう言ってやると、アニーサはくすりと笑った。

「そうね、でも万が一もあるわ。私はいろいろと保険をかけておくタイプなのよ」

「保険？」

「ええ、保険」

寂しそうに笑って答えるアニーサはそれ以上何かを言うつもりはないようだ。仕方なくアルディーンは話を進める。

「で？　保険をかけておくタイプのお前のお願いとは何だ？」

「私が万が一死ぬことがあったら、ニューヨークにいるファルラーン叔父様にアニーサから預かったものを持ってきてほしいって頼んでほしいの」

「叔父上に？　アニーサ、叔父上に何を預けたんだ？」

「秘密よ」

彼女が意味ありげに笑う。

「ああ、でも律がこの国に来ることがあったら、でいいわ。もしこの国に来るようなことがなければ、そのままにしておいてほしいの」

「律？　ああ、お前の元夫か。なんでまた……」

「それも秘密よ。私が死んで、律がこの国に来たら、でいいの。律に渡してほしいものがあるの」

「律がこの国に来ることはないに等しいんじゃないか？　もう離婚をしたんだ」

「それでもいいわ。ねえ、アルディーン、あなただから信用して頼むの。だから誰にもこのことは言わないで。リドワーンにも」

リドワーンにも、とわざわざ付け足したところから、アニーサというよりはリドワーンに関係するのかもしれない。

「どうして叔父上に預けたんだ？　叔父上にも関係しているのか？」

「いいえ、関係ないわ。ファルラーン叔父様は普段ニューヨークに住んでいらっしゃるし、こちらのうるさ型とは縁を切られているでしょう？　私のことも昔から可愛がってくださるから、お願いしただけよ」

「アニーサ……」

「約束、お願いね。アルディーン」

そしてその二週間後、アニーサは交通事故で二十四年の人生を閉じた。

＊＊＊

晴希の話から、アニーサの姿がありありと脳裏《のうり》に浮かび上がり、その懐かしさに律は静かに目を閉じた。そして同時に彼女が何かを画策していたことも察する。

アニーサ、君は何を隠していたんだ……？

妊娠を隠して離婚を成立させ、そして律と一切の縁を切ったアニーサは、この故国でも何かを隠していた。しかも律がこの国に来なければ、一生隠し通そうとしている秘密だ。

それは一体――？

リドワーンは知っているのか――？

多くの謎《なぞ》を残すばかりだが、少しずつ真相に近づいている気もした。

「そういう事情から、ファルラーン殿下が、明日、ニューヨークから律に会いにいらっしゃる予定です。動くのが遅くなったのは、アニーサの遺言で『律が来たら』という条件があったからなんです。ごめんなさい。それを律に伝えようと思ってここへ来ました。あとリドワーンには伝えていません。阻止されても困るから……」

晴希が苦笑する。

「取り敢えず、律が酷《ひど》いことをされていないようで安心しました」

「酷いことって……」

つい笑ってしまう。すると晴希がいたって真面目《まじめ》な顔で返してきた。

「例えば、牢屋《ろうや》に入れられているとか、鎖で繋《つな》がれているとか……」

「晴希、可愛い顔をして怖いことを言うね。リドワーンがそんなことをするはずないだろう?」

「いえ、恋は時々、暴走することがあるし、既にリドワーンはちょっと暴走気味だし」

「え? 暴走気味って……どういう……」

「律が好きすぎて、ちょっと空回りしている感があるから……」

「好きすぎてって……本当にリドワーンは僕のことが好きなのかな」

つい弱気になってそんなことを晴希に聞いてしまう。

「律……」

「あ、ごめん、そんなこと、晴希に聞いて……」

「リドワーンの恋愛を成就させるためにどうしたらいいか……。でも本人がしっかり律に伝えるべきだと思うので、それも考えます」

「考えますって……。晴希、キューピッドにでもなる気なのかい?」

「なりますよ！　リドワーンの味方でもあったけど、慧から律もリドワーンのことがたぶん好きだって聞いたから――――」

　やはり慧はあの時、既に律の気持ちに、律よりも先に気が付いていたようだ。

「僕も二人のために動こうと決めたんです」

「晴希……」

　ほとんど会ったことのない律のために、ここまで本気で考えてくれる晴希に感謝するしかない。

「僕も愛する人と結ばれるのに、苦労したから……」

　そういえば慧が晴希は新婚だと言っていたことを思い出す。

「今、僕も周囲の人の助けがあって、愛する人と一緒にいられるんです。だから律も絶対愛する人と一緒になってほしい。そのためなら僕も助力を惜しみません……って、お節介でしょうか？」

　急に晴希が弱気になって尋ねてきた。その様子が可愛らしくて、律は自然と笑みを浮かべてしまった。

「ううん、心強いよ。僕一人ではどうにもならないって途方に暮れていたところだから」

　すると晴希が嬉しそうに微笑《ほほえ》んだ。

「明日、僕もアルディーンと一緒に、ここへ来ますね。その時に改めてリドワーンには律を自由にするように抗議しますから、もうしばらく待っていてください」

「別に僕は不自由していないから大丈夫だよ」

晴希があまりにも心配してくれるので、リドワーンの名誉のためにも否定しておいた。確かに外出できないことで仕事は捗《はかど》らないが、リドワーンと一緒にいられることを、律の中では『不自由』と言わない。

「じゃあ、また明日」

晴希は軽く手を振ると、また塀をひょいっとよじ登り、ひらりと越えていった。中庭の塀なのでそんなに高くないものだが、彼の身体能力に感心する。

「凄《すご》いな……。彼、何者なんだろう。第五王子の関係者って言っていたから、護衛？　でも名前呼び捨てにしていたから、友人かな……」

今度聞いてみよう。そんなことを思いながら、沈みゆく夕陽《ゆうひ》に照らされるオレンジの空を見上げた時だった。背後から声が掛かる。

「今のは晴希だな。どうしてここにいたんだ？」

「リドワーン……」

振り向くと、回廊にはリドワーンが立っていた。どうやら晴希と二人でいるところを見られていたらしい。

「お前が手引きしたのか？　いや、タリーフの仕業《しわざ》だな」

「誰の仕業とかじゃないだろう？　別に晴希が少し顔を出してくれただけだよ」

リドワーンの表情がわずかに歪む。

「お前はいつだって、私一人のものではない……か」

リドワーンが小さな声で何かを呟《つぶや》いたが、聞き取れなかった。

「え？」

「いや……。それよりもせっかく逃げられるよう時間を与えてやったのに、逃げないとは、そんなに私にまた抱かれたかったか？」

リドワーンが意地悪な顔をして律を見つめてくる。それだけで胸が引き裂かれそうだった。本当に彼は律のことを嫌っているのかもしれない。

「どうして……」

声をどうにか振り絞り、彼に問い掛けた。

「どうして、そういう言い方をするんだ？　僕は君から逃げようなんて、今まで一度も思ったことはないのに。ずっと君と一緒にいたいと願っているのに――」

彼の目を真っ直《ます》ぐ見つめ訴えると、リドワーンが視線を外した。そして苦しげに呟く。

「……っ、逃げてくれ」

「リドワーン？」

どうして逃げなければいけないのか意味がわからず、彼の名前を呼ぶと、その瞳《ひとみ》が再び律に向けられた。

「どうしてお前はわからない？　お前を私の手の届くところに置いておいて、私が何もしないとでもいうのか？　あり得ない。どれだけ私を苦しめればいいんだ？　お前がアニーサと結婚すると聞いた時、私の心は死んだというのに、お前をこうやって見ているだけで、こんなにもかき乱される私の気持ちが、お前にわかるものか――」

「リドワ……」

一瞬律の頭が真っ白になった。

与えられた情報が多すぎて消化しきれない。同時に自分の都合のいいように理解しそうで怖かった。何故《なぜ》なら、リドワーンが律に恋《こ》い焦《こ》がれていることを直接訴えてきているようにしか聞こえなかったからだ。

「な……リドワーンは僕のことが好き？」

恐る恐る尋ねると、彼が口早に言葉を続けた。

「っ、お前には迷惑だろうがな」

トクン……。

律の心音が甘く高鳴る。好きな相手からこんな風に言われたら堪《たま》らない。

律は意を決して、リドワーンに一歩近づく。彼はその場から動かなかった。律は更にもう一歩近づき、リドワーンのカンドゥーラの袖《そで》を指先で摘《つ》まんだ。彼の瞳が揺れるのが見て取れる。

「リドワーン……ロンドンで一緒にいた時のように僕を傍《そば》に置いてくれないのか？」

彼の躰《からだ》がわずかに震える。だが律の手を振りほどこうとはしなかった。

「ああ、もう友達のふりをしているのも限界だ。きっとお前にもっと酷いことをするだろう。お前が嫌だと言うのに、何度も無理やり抱いてしまう。そんなことになったら、お前を傷つけるだけだというのに……。お前の『恨み』という感情さえ、私に向けられるなら欲しいと思ったが、いざお前を傷つけたら、苦しくて仕方がない。もうこれ以上、お前を傷つけたくない。いや、私が傷つきたくないんだ――――」

「僕が傍にいたいって言ってもか？」

「お前が傍にいるのに手を出さないという自信はない」

「手を出せばいいいじゃないか。どうして君は、僕が君を愛しているという感情を排除するんだ」

先日も、こちらの意思で抱かれたと思っているのに、リドワーンはすっかり自分が犯罪者だと言わんばかりに振る舞っている。どうしてそんなに頑《かたく》ななのか、わからなかった。

だが――――、

「……お前はアニーサのことを愛しているんだろう？」

「え……」

思いもかけない言葉に律は顔を上げた。リドワーンの真摯《しんし》な瞳とかち合う。

「だから再婚もしない」

再婚……。

律自身、アニーサのことと再婚を結び付けたことがなかったので、リドワーンがそんな風に考えているなんて思ってもいなかった。

「そこに私が割り込む隙《すき》などないことは、もう四年前からわかっている――」

「わかってない」

律は思わず声を上げた。

「四年前だって、もしかして僕はリドワーンを選んだかもしれない。ただその時は、僕はまだ男性を恋愛の対象として見ていなかっただけで、もし、そうじゃなかったら、君を選んでいた可能性だってある。あと、確かにアニーサのことは愛していた。だけど再婚をしないのは、仕事が忙しいし、日本では二十六歳なんてまだまだ若造の部類で、結婚を急ぐ歳《とし》じゃないからで、アニーサのこととは関係ない。これが僕の答えだ。わかったか」

つい偉そうに言ってしまったが、何度言ってもわからない相手には、これくらい強く言ったほうがいいのだ。

律がじっとリドワーンを見上げていると、彼がふっと吐息混じりの笑みを零《こぼ》した。

「気を遣わなくてもいい、律。お前が異性愛者だということはよく知っている。律、お前は自由であればいい。私に囚《とら》われることはない。自由であってくれ。お前をここに監禁しているくせに、本当は真逆なことを望んでいるんだ」

「リドワーン！」

カンドゥーラを握る律の手に力が入る。そうでなければリドワーンがどこかへ行ってしまうような気がしたからだ。

「だから改めて律、お前に頼みたい。アミンを私に託してくれ。絶対に幸せにする。お前を幸せにできなかった分、アミンを世界で一番幸せにしてやりたいと思う」

「リド……」

やっとわかった。リドワーンは律を完全に拒絶しているのだ。愛してはくれているのに、受け入れたくないと、彼は願っている。

そんな――。

律の手から力が抜けると同時に、リドワーンの袖が手のひらからするりと抜けた。

「律、お前に会って、複雑な思いはあったが、その中に嬉しいという感情があったことは認める……もう帰るがいい。フライトが決まったら空港まで車を出そう」

彼がそっと笑った。すべてを拒絶するように。

「っ……」

律の瞳から涙が溢《あふ》れ始めた。彼が決めてしまったことをどうしても覆《くつがえ》すことができない。彼に何度も愛していると告げているのに、それが彼の心に届かない。いや届いているのかもしれないが、それを受け止めてくれなかった。

アニーサの存在が律とリドワーンの関係を複雑にしている。そして二人とも彼女に囚われていた。

「リドワーン……」

「昼間は公務があるから、見送りには行けないが、アニーサのためにわざわざ日本から来てくれたことに礼を言う」

リドワーンはそう告げると背を向け、ゆっくりと律から離れる。律はその背中をただ見つめることしかできなかった。

愛は育たぬ前から終わっていたのかもしれない。

とうとう律の頬《ほお》に涙が零れ落ちた。

別れる時になって、自分の気持ちがようやくはっきりと摑《つか》める。今まで半信半疑に感じていたが、もう迷いはなかった。自分はリドワーンのことを愛している。それは男女の恋愛と変わらない感情で、強くそして純粋な思いだった。

「君が好きだ、リドワーン……」

誰にも聞かれることもない告白に、律はまた涙を流した。

律の視線を背中に感じる。リドワーンは振り返りたい衝動に耐えながら、書斎へと戻った。

＊＊＊

「殿下」

書斎に戻ると、デスクの上の書類を整理していたタリーフの視線がこちらへ向けられる。思わず彼に声を掛けた。

「タリーフ、お前、晴希を手引きしたな」

「何のことでしょうか？」

「しらじらしいぞ。律のところに晴希が来ていたのを見たぞ。彼がここへ侵入していることを、お前が知らぬはずがない」

「そのようにご評価いただけるのは嬉しいことですが、晴希殿の行為を咎《とが》めると仰《おっしゃ》るのでしたら、第五王子に苦情を仰ったほうがよろしいのではないかと」

リドワーンが第五王子、アルディーンに会いたくないことを知っての言葉だ。

律がデルアンに来ることになったのは、アルディーンからの半ば強制的な提案が原因だった。アミンの父親が誰かを知っていたアルディーンに、アニーサが亡くなった今、アミンを律に会わせるのが道理だと説得されたのだ。

義兄であり、姉、アニーサと親しかったアルディーンに言われては、リドワーンもその提案を聞くしかない。渋々承諾したのだった。

だからこそ、今、律を脅してデルアンから追い出そうとしているのを知られたくないし、晴希がいたことから考えると、もしかしたら既にそのことがアルディーンの耳に入っている可能性もあるので、できるだけ会いたくなかった。

「もういい」

リドワーンは書斎机に座ると、アミンの通う幼稚園へ特別に依頼している報告書に目を通した。アミンの一日の様子がしっかりと書かれている。リドワーンにとって、その報告書に目を通すのは、とても大切な時間だった。

アミンには律の血が流れている。律自身は幸せにできなかったが、彼の血が流れているアミンの横でその成長を見守り、アミンが幸せになるためだったら助力を惜しまないつもりだ。

律の血……それがリドワーンを孤独から救う重要な鍵《かぎ》だった。

律の血がアミンの躰に流れていると思うだけで、愛《いと》しさが増す。

あの日――――。

四年近く前のあの日――――、日本から急に戻ってきたアニーサから、リドワーンは重大な秘密を打ち明けられた。

「ねえ、リドワーン。私、律と離婚しようと思うの」

アニーサはとんでもないことを『あの服、もういらないわ』くらいの軽い口調で告げてきた。

「姉上、律と離婚をするって、何を……」

驚いて姉に聞くが、姉は大したことでもなさそうに言葉を続けた。

「思っていたのと違ったというのかしら。日本の水が合わないのよ」

「なっ……」

姉の言葉にリドワーンは怒りを覚えた。自分がどんな思いで律を姉に譲ったか、姉は知らないかもしれないが、こんなに簡単に律を捨てることが許せない。

律はリドワーンにとって、自分の命よりも大切な人なのに――。

「そんな簡単に離婚などするものじゃない。それに律だって姉上との離婚を望んでいないんじゃないのか？」

「律の気持ちは問題じゃないの。それにお父様はこの離婚を承諾してくださったわ」

「父上が……」

デルアン王国の国王である父が認めたとなれば、姉の離婚に反対することは難しくなる。だが、父がどうしてこんな理不尽な離婚を許可したのかもわからない。

「ねえ、リドワーン、私をここに住まわせてくれないかしら」

実姉といえど、成人した女性が一人暮らしの独身の男性と一緒に住むのは世間体が悪い。しかもリドワーンもいつかは妃《きさき》を娶《めと》らなければならないのだから、姉が同居していては、いろいろと問題が出てくるのは目に見えていた。

「姉上は母上のところに身を寄せればいいのではないか？」

「あら、冷たいことを言うのね。じゃあ、私と取り引きしない？」

「取り引き？」

秘密めいた言葉に反応すると、アニーサが人の悪い笑みを浮かべた。

「私のおなかには、律の子がいるの」

「え……」

思わず姉の腹に目を遣《や》った。

「……子供ができたのに、離婚をするのか？」

「ええ、悪い？」

まったく悪びれた様子もなく、アニーサはリドワーンに挑むように答える。

「ねえ、リドワーン、律本人は一生あなたの手に入らないけど、この子なら、あなたの家族にできるわよ」

「なっ……」

アニーサはリドワーンの律への想《おも》いに、薄々気づいているのかもしれない。

リドワーンはアニーサの顔を見つめた。美しい顔をした姉は別人のようだった。

「私をあなたの宮殿に住まわせてくれたら、この生まれてくる子、あなたに懐くわよ。律の血が入った子ですもの、きっと可愛いわ。それに……」

「姉上、いい加減にしないか！」

リドワーンは恐ろしい誘惑を断ちきろうと、大声で姉の言葉を遮った。きつくアニーサを睨《にら》むと彼女が小さく笑う。

「あら、私がこの宮殿にいる限り、この子もここで育つんですもの。私とこの子、まるで家族のようにあなたと暮らせるわよ」

「っ……」

家族――。律とは一緒にいられないが、彼の血を引いた子供と一緒にこれから暮らすことができるかもしれない。

「私たちは姉弟だけど、この子を育てる夫婦のように過ごせばいいじゃない？　私も政略結婚の犠牲になって再婚させられたくないし。あなたもまだ当分妃を娶る予定はないのでしょう？　まあ、あなたが万が一、妃を娶っても、私、小姑《こじゅうと》になってその相手を苛《いじ》めたりはしないから、ここにいさせてちょうだいね」

「姉上……」

「リドワーン、あなた次第よ。律に似た可愛い息子が家族になるのかならないのか、あなた次第。さあ、今、決めて。もちろん子供がいることは律には内緒よ」

姉の言葉がたとえ悪魔のものであろうが、リドワーンにとっては抗《あらが》いがたい誘惑であった。

「ふふっ、一緒に律の子を育てましょう、リドワーン」

そしてあの日、姉と秘密の取り引きをしたのだ――。

何かを間違えたのかもしれない。だが、たとえ選択を間違えていたとしても、それはリドワーンの孤独を癒やすものだった。

◆　Ⅵ　◆

翌日も律《りつ》は一人で朝食をとっていた。今朝もリドワーンもアミンも既に食べ終えたようで、ダイニングルームにはいなかった。

結局、律は明日、日本へ戻る手はずを整えていた。日本へこのまま帰るとなると、それはリドワーンとの決別を意味することになる。

もう少し、ここにいたい――。

ブラッサムの出店計画では、リドワーンに律をメンバーから外すように言われている。もし本当にそうならば、リドワーンとは二度と会えないかもしれない。

リドワーン……。

せめて日本へ戻る前に、もう一度リドワーンと話がしたいし、アミンとも会いたかった。

律は朝食を終えると、いつものように自室で仕事をすることにした。そうしているうちに、タリーフが部屋へとやってきた。

「律殿、お忙しいところ申し訳ございませんが、客間へお越しくださいませんか？ニューヨークから律殿に会いたいと王弟、ファルラーン殿下がいらっしゃいました」

昨日、晴希《はるき》が教えてくれた通りだ。アニーサが預けた何かを持ってきてくれたのだ。

「わかりました。すぐに参ります」

晴希の話の通りなら、リドワーンには何も知らせずに、ファルラーンが訪ねてきているはずだ。急いで行かないと、リドワーンが追い返してしまうかもしれない。律はそのまま立ち上がり、タリーフと共に客間へと向かった。

客間へ近づくにつれ、人の笑い声が聞こえてくる。晴希の声だろうか。律の予想とは裏腹に和やかな空気が伝わってきた。思わずタリーフに声を掛けてしまう。

「晴希からリドワーンに阻止されるかもしれないから、秘密裏《ひみつり》に王弟殿下をお連れすると聞いていたので、もっと険悪な雰囲気かと思っていましたが、そうではなさそうですね」

「結局は仲の良い《い》皆様でございますので、リドワーン殿下が折れる形で収まってしまいますね。それにいろいろあったとしても、リドワーン殿下は皆様を大切にされてますので、無下に扱うことはありません」

「僕には結構無下な扱いをしているというのに、ですか？」

少し冗談っぽく苦言を呈してみる。だが、タリーフは何でもないように返してきた。

「それだけ殿下にとって律殿は特別な御方なのでございます」

タリーフの切り返しに苦笑し、客間の戸口に立つと、中から慧《けい》の声が聞こえてきた。

「大体、リドワーンの部屋を見たことがあるかい？　絨毯《じゅうたん》が桜色の特注品なんだよ」

「桜色って……日本の桜の色ってこと？」

「そう、晴希、その通り。それしかない。あの部屋は日本にいる律を偲《しの》ぶために、絨毯だけじゃなくて、部屋のところどころに日本の特色を取り入れているんだよ。ね、リドワーン」

初めて聞く内容に、律は足を止めた。

え？　あの桜色の絨毯って……本当に桜をモチーフにした色だったのか？　あと他にも日本らしいものを取り入れた？

リドワーンの返答を聞きたくて、つい聞き耳を立ててしまう。すると少し不機嫌そうなリドワーンの声が続いた。

「別に自分の部屋をどうしようが、慧には関係ないだろう」

その声色から、慧の言ったことがあながち外れていないことを律は悟る。

リドワーン……。

胸が熱と痛みで痺《しび》れた。恋しさが募る。

もしそうならば、寝室が、ロンドン留学時代に彼が宿泊していたホテルに似ているのも、僕と過ごしたロンドンを偲んでいると、自惚《うぬぼ》れてもいいんだろうか――。

だが、そんなもので偲ばないでほしい。それよりも、ここに僕がいるのだから、僕を手放さないでほしい――。

そう強く願うしかない。

「確かに関係ないけど、日本を偲んでいることは認めるんだね」

慧が鋭い突っ込みを入れると、聞き覚えのない男性の声が割って入った。

「慧、そうリドワーンを苛《いじ》めてくれるな。身につまされる」

「ふぅん……まあ、確かにシャディールも、学生時代は私を監禁しようとしたしな」

中の様子は見えないが、シャディールと呼ばれた男性が、慧の一言に怯《ひる》んだ様子が律にも伝わってきた。

「だが君は、実際は私を監禁しなかったし、成人して再会した時は、そんな自分勝手なことを言う人間ではなくなっていた。だが、リドワーン、君は成人しても尚《なお》、律を監禁してしまいたくなるっていうのは、少し大人げなくないか?」

矛先がリドワーンに戻る。

「リドワーン、律が好きならどうして傍にいてほしいと素直に言えないんだ?」

「それは――っ」

リドワーンが何かを言い掛けて口を噤《つぐ》む。律はその先の言葉を少しだけ知っていた。

リドワーンは、アミンと二人でひっそりと暮らすという今の状況が、危うい均衡の上に成り立っていることを自覚しているのだ。そしてそれが崩れるのを恐れていた。

アミンが自分の手元から奪われるかもしれない――。

彼の不安は理解できる。彼は、律が異性愛者でアニーサのことを未《いま》だに愛しているから再婚していないと思い込んでいるので、律が愛するアニーサとの子供、アミンを絶対取り戻そうとするに違いないと考えているのだろう。

もう少し彼と話せる時間があったら……。

「律殿」

ふと傍にいたタリーフが小声で話し掛けてきた。

「これ以上ここで立ち聞きをされていますと、後で嫌な思いをされることになりかねませんので、そろそろ入ったほうがよろしいかと」

「あ、はい。すみません」

タリーフの心遣いで、律も我に返る。そのままタリーフがドアをノックした。すぐに中から返答があり、律はタリーフと客間へ入った。

客間には慧と晴希の他に、リドワーンと三人の王子がいた。タリーフの紹介によると、第五王子と第六王子、そして現国王の弟、今回ニューヨークから律に会うために帰国したというファルラーンである。庶民である律にとって、この部屋の王子率の高さに眩暈《めまい》がしそうだった。

「あ……あの、佐倉《さくら》律と申します。このたびはわざわざニューヨークからお越しくださり、ありがとうございます」

「君がアニーサの……。お会いできるのを楽しみにしていました」

「え……あ、はい」

緊張してファルラーンを見上げる。男の色香を存分に纏《まと》った彼は、三十代前半だろうか。どこかのファッション雑誌から出てきたような美丈夫《びじょうふ》であった。

「叔父上、そんな魅惑的な笑みを浮かべて、律殿を誘惑してはいけませんよ。直哉《なおや》に言いつけますよ」

「誘惑なんてしていないさ、アルディーン。私はいつだって直哉一筋だ」

直哉という名前は初耳であったが、どうやらこの殿下のパートナーは男性であるようだ。

ふと、そこでようやく気づいた。慧からは既に第六王子とパートナーの関係であると聞いていたが、晴希も第五王子のパートナーなのかもしれない。その証拠に二人の距離を見ているだけでも、お互いに親友以上の固い絆《きずな》で結ばれていることがはっきりとわかった。

なんだ、そういうことか……。

ふと律の胸に温かいものが芽吹いた。

人を愛するのに性別など関係ないのだ。いやそれよりも、愛する人と一緒に生きることを躊躇《ちゅうちょ》しているのは、時間の無駄だとさえ思えた。

一度きりの人生――。

やっぱり、リドワーンと一緒にいたい――。

律は、奥で律と話をしたくないとばかりに視線を逸《そ》らして椅子《いす》に座るリドワーンを見た。

彼と会えた貴重な時間をただ黙って過ごすなんて、絶対だめだ――。

律は背筋を正した。

「リドワーン」

彼の黒い瞳《ひとみ》がこちらに向けられる。それだけで、たった今湧《わ》いた勇気が引っ込みそうになったが、律は拳《こぶし》をきつく握った。そして深呼吸をして、一気に心の丈を放つ。

「愛している、リドワーン。僕は君を愛している！」

律の告白に、リドワーンの瞳がこれ以上ないくらいに大きく見開かれたのを目にしたと同時に、背後から皆の突き刺さるような視線を感じた。

あっ！

律自身も、そういえば皆がいたことを一瞬失念していた。思い立ったが吉日ではないが、勢いに乗りすぎた感がある。こんな皆の前で公開告白をするつもりではなかったのに、結果的には大々的にしてしまった。

後ろを振り向くのが怖い。だが、どうにか取《と》り繕《つくろ》うためにも、律は油の切れたゼンマイ仕掛けの人形のように、ぎこちなく後ろを振り返った。

「あ……えっと……」

すると、慧が我慢できないという様子で、プッと噴き出した。続いて晴希も笑顔で立ち上がり、律に飛びついた。

「かっこいい、律！」

「晴希っ」

晴希が喜んでくれたことで、少しだけ律の心が強くなる。もしリドワーンに相手にされなくても立ち直れると自分に言い聞かせた。すると晴希がリドワーンの手を引っ張り、椅子から立ち上がらせた。

「ほら、リドワーンも、もうあまり難しいことを考えないほうがいいよ」

「だが、晴希、私は……」

「リドワーン、一人で考えて解決できないことも、二人で考えると案外と解決するものなんだよ。僕とアルディーンを見ていて、君もわかっているだろう?」

晴希の言葉に言い返せないのか、リドワーンが口を噤む。その様子から晴希もきっと

パートナーと一緒になるのに、苦労し、そしてそれをリドワーンは傍で見ていたのだろうことを察した。律は思い切って晴希が摑《つか》んでいたリドワーンの手を自分も握った。リドワーンと視線が合う。

「リドワーン」

縋《すが》るように彼の名前を口にすると、彼が困ったように表情を歪《ゆが》めた。律は続けて言葉を足す。

「君は僕のことが嫌いなの？」

彼が瞠目《どうもく》した。だがすぐに視線を伏せる。

「……律、言ったはずだ。私はお前を傷つけるだけだと」

「抱くことで僕を傷つけるって言うのなら、それは間違いだ。あれは強姦《ごうかん》じゃない。同、意……あ……」

律はそこで我に返り、隣にいた晴希をゆっくりと見る。晴希は顔を真っ赤にして固まっていた。途端、恥ずかしさで律の顔から火が出そうになる。

うわぁっ、僕、皆がいるのに、いくら必死だったからって、『抱く』とか『強姦』とか、何を言ってるんだ――っ！

もう穴があったら入りたい。いや、自《みずか》ら穴を掘って埋まりたい気分だ。

「あ、あ……晴希、いや、その……」

「あ、ごめん……。そうだよね。うん、ここは恋人同士の仲直りってことで、僕たち邪魔だよね。はは……」

晴希が苦笑しながらじりじりと後退《あとずさ》っていく。彼に変な気を遣わせてしまったことに、律は動揺するが、突然聞こえてきたクスクスという笑いに思わず視線を移す。そこには堪《こら》えきれなかった様子で笑うファルラーンがいた。

「いや、すまない。若いって素晴らしいことだな。私もその勢いが欲しい」

「叔父上は直哉を既にしっかり捕まえているのですから、それ以上勢いをつけたら、嫌われますよ」

「言うじゃないか、アルディーン」

楽しそうに笑うファルラーンからは大人の余裕しか感じないが、そんな彼が深く愛しているという『直哉』という男性に少し興味が湧いてくる。

「まあ、取《と》り敢《あ》えず、律殿、アニーサから預かったというのは、この手紙だ。私たちはここからしばらく退散するから、リドワーンと二人でゆっくり読んでみてはどうかな」

ファルラーンから手渡された手紙は封蠟《ふうろう》がされていた。アニーサにしては古風な手紙だった。

「ありがとうございます」

「いや、礼を言うのはこちらのほうだ。アニーサとリドワーンを大切にしてくれてありがとう。さて、そろそろアミンが幼稚園から戻ってくるのだろう？　私たちはアミンに挨拶《あいさつ》に行かないか？」

ファルラーンがさりげなく他の皆に声を掛け、席を外してくれようとする。

「ああ、そういえば、今日は幼稚園は午前中だけだと言っていたな、リドワーン」

アルディーンも続いてリドワーンに声を掛けて席を立った。

「ああ、もうすぐ戻ってくるはずだが……」

「なら、広間でアミンを待とうか」

ファルラーンの声に、皆が気を遣って部屋を移動し始める。彼らが移動してしまうと、先ほどまで賑《にぎ》やかだった客間が急に静まり返った。客間にはリドワーンと律だけだ。

律はいつまでも黙っているリドワーンの名前を呼んだ。

「リドワーン……」

彼の瞳とかち合う。何度見ても吸い込まれそうだ。

「僕が君のことを愛しているというのを、信じてくれた？」

その問いに、彼の双眸《そうぼう》がわずかに細められる。

「信じたい……。だが私は、お前が再婚しないのはアニーサのことがあるからだとずっと思っていた」

「それは以前も説明しただろう？　アニーサは関係ないって」

「そうだが……四年前、お前が私よりアニーサを選んだことが、どうしても頭の片隅にあって、信じることが怖いんだ……」

「え……」

彼を頑《かたく》なにしていた理由が見えてきた。

「っ……リドワーン」

律は愛《いと》おしさにリドワーンを抱き締めた。

「ごめん。それは僕が未熟だったからだ。何も見えてなかったから……」

性別という括《くく》りに囚《とら》われて、彼を自分の中から排除してしまっていた――。

律の頭上からリドワーンの声が堰《せき》を切ったかのように落ちてくる。

「はっ、情けないだろう？　お前のことになると、どれも刃《やいば》となって私の心に突き刺さって耐えられないんだ。こんな男、鬱陶《うっとう》しいだけだ」

「どうして……？　情けなくなんかないし、鬱陶しくもない。そんなの、僕が君を傷つけたからだ」

律は抱き締めていたリドワーンから躰《からだ》を離し、もう一度彼の顔を見上げた。

「僕も君のことになると、いつも過剰に反応してしまうよ。君と一緒だ……」

「律……」

彼の声が律の鼓膜を震わせ、そして心臓へと響く。彼に名前を呼ばれただけなのに、全身に幸せが満ち、涙が溢《あふ》れそうになった。

愛する人に名前を呼ばれることが、こんなに幸せだなんて知らなかった――。

「もう一度、名前を呼んで……」

「律……」

その声にとうとう律の目から涙が零《こぼ》れ落ちてしまった。

「……君が僕の名前を呼んでくれるだけで幸せなんだ」

涙で律の視界がぼやける中、リドワーンの表情が、大きく歪んだのを目にした。

「律……っ！」

刹那《せつな》、背中がしなるほどきつく抱き締められる。彼の熱い吐息が首筋に当たった。

「愛している。お前を傷つけることしかできないとしても――愛しているんだ」

「言っただろう？　僕は傷つかないよ。君に嫌われる以外、傷ついたりしない」

「だが、私はお前を……無理やり抱いてしまった」

「あれは無理やりじゃない。僕も望んでいた。同意だから愛を確かめ合っただけだ」

まだそんなことを言っているのかと律は顔を上げ、リドワーンを睨《にら》んだ。彼が困ったような表情を浮かべる。

「律……」

「それに僕は君より四歳も年上なんだ。君が僕のことをどう思っているか知らないけど、意外とメンタルは強いよ」

　そう言いきってやると、ようやくリドワーンが小さく笑った。

「律には昔から敵《かな》わない」

「僕も昔から、君には敵わないって思っているよ」

「律……」

　リドワーンの唇がそっと律の唇へ落ちてくる。優しいキスだった。軽く唇を合わせ、そして離れ、お互いに見つめ合いながら、また唇を重ねる。

　カサッ……。

　床に何かが落ちた音がした。目を遣《や》ると、先ほどファルラーンから渡されたアニーサの手紙だった。

　それをお互い目にして苦笑する。そういえば、この手紙を律たちに気兼ねなくゆっくりと読ませようと、皆がわざわざ席を外してくれていたことを思い出したのだ。

「リドワーン、アニーサの手紙、早く読まなきゃ……」

「そうだな、皆が気を遣って席を外してくれているんだったな」

　リドワーンは律の手をそっと持ち上げ、その甲にキスをすると、まるで姫をエスコートする騎士のように手を添え、律をソファーに座らせた。彼はそのままキャビネットへと向かい、そこからペーパーナイフを持って戻ってきた。

二人で並んで座る。そんなことでさえも四年ぶりの行動で、律の鼓動がとくんと甘く鳴った。リドワーンと目が合い、二人で覚悟ができたとばかりに小さく頷《うなず》き合う。そしてリドワーンが慎重にアニーサの手紙の封を切った。途端、懐かしいアニーサの文字が律の目に飛び込んでくる。

『律――、この手紙をあなたが目にしているということは、私がもうこの世におらず、あなたがデルアン王国へ来たということなのね。あなたがこの地に来たのなら、私は種明かしをしようと決めていたの』

最初からアニーサが死んだということを前提に手紙は始まっていた。そして読み進めてすぐに衝撃的な内容が書かれていた。

『律には黙っていたけど、実は私は血液が正常に造れなくなる病気で、あなたと結婚する時には余命、あと四年と宣告されていたの――』

「なっ……」

これには隣で一緒に手紙を読んでいたリドワーンも驚きを隠せず声を上げる。

「リドワーン、大丈夫か？　まさか君も知らなかったのか？」

「知らなかった……」

続けて、すぐ何かを納得したように呟《つぶや》いた。

「ああ、だから父上は姉上の我儘《わがまま》勝手な離婚をお許しになったのか……」

律もあのいささか強引な離婚騒動の理由がわかったような気がした。

一方的に離婚を言い渡された時、デルアンの国王は謝罪を口にし、そしてそれ以上は何も律に説明をしなかった。それは、アニーサが病気で余命わずかなことを既に知っていて、彼女の我儘を聞いてやりたかったからかもしれない。

アニーサは交通事故で亡くなったが、そうでなくとも余命わずかだったのだ。

あまりにショッキングな内容に、心がついていけない。だが文面は更に続いていた。

『私、律を利用したの。リドワーンがあなたを愛していることを知っていたから』

律の心臓がドクッと嫌な音を立てた。

アニーサはリドワーンの気持ちを知っていた――――？

『リドワーンの気を惹《ひ》きたかった。彼がどんなに足掻《あが》いても手に入れられない律を、私が簡単に手に入れることで、彼の気を惹きたかったの』

それはどういう意味――――？

『ごめんね、律。私、リドワーンを愛しているの。実の弟でも構わないくらい。彼の気が惹けるなら、律と結婚しようと思った。私を見ない弟を苦しめようとも思ったわ。でも、結局私はリドワーンのことを愛し、彼のことばかり考えていた』

アニーサ――――！

初めて知らされる真実に、律は動揺を隠せず手紙を落としそうになった。脇《わき》からリドワーンが支えてくれて、辛《かろ》うじて指先に留《とど》める。

「っ、リドワーン……」

「大丈夫だ。一緒に続きを読もう……」

彼が優しく肩を抱いてくれる。彼が一緒にいてくれることに改めて感謝した。

『律の子供ができた時、私は最後の賭《か》けに出たの。この子供を連れて国へ帰れば、リドワーンを私のものにできる。彼が律の血を引いた子供を疎《うと》んじるわけがないから、一緒にいられると思ったわ。律の子供を利用して、死ぬまでのわずかな間だけでもいい、リドワーンと、ままごとでいいから夫婦らしい生活ができることに私は賭け、そして勝った』

衝撃的な内容に、律は息が止まりそうになる。

確かに以前からアニーサがリドワーンのことを愛していることは充分に知っていた。それが弟への家族の愛情ではなく、恋愛感情であることに、律が気づけなかっただけだ。

「くっ……姉上は莫迦《ばか》だ。そんなことをせずとも、姉上としてなら、ずっと一緒にいることはできた……」

リドワーンが苦しげに言葉を吐いた。だが律は違う感じ方をした。

違う……。アニーサはそれではもう気が済まないほどリドワーンのことを愛していたんだ。生きている時間がわずかだとわかっていたからこそ、彼女は行動したのだろう……。

利発で活発な女性だったアニーサの面影《おもかげ》が律の脳裏《のうり》に浮かぶ。いつも前向きだった彼女がそんな大病を患っているとは思いも寄らなかったし、己《おのれ》の胸に秘める劣情を律たちに悟らせなかった彼女の気丈さに、アニーサらしさを感じずにはいられなかった。

『でも、私が死んだ後まで、律やリドワーンを騙《だま》して不幸にしようとは思ってないの。やっぱり、二人は私にとってかけがえのない人たちだから――――。だから私が死んでも尚、律が気に掛けてこの地に来てくれたら、種明かしをしようと思ったの』

今までアニーサが何を考えていたのかまったくわからなかったが、その謎《なぞ》をようやくこの手紙が解決してくれた。

『ごめんね、律。律の優しさを踏みにじって。でも、また律の優しさに縋ってしまうわ。私が死んだらリドワーンをお願い。彼はあなたのことを愛しているの。そして、律、あなたもリドワーンのことを特別に思っているのを、私は気づいていたわ。気づいていたからこそ、あなたたち二人の仲を引き裂いたの。私が入り込む隙《すき》がなくなるのが怖かったから。ごめんね、律。本当にごめんね。そしてありがとう――――』

どうして……。

どうしてこんなことになってしまったんだろう――――？

どこで間違えたんだろうか。こんなに三人がバラバラになるなんて、本当は必要なかったはずなのに――――。

「アニーサ……っ」

ポツリポツリと手紙に涙が落ちて、文字が滲《にじ》む。視界がぼやけ、アニーサの手紙が読めなくなった。肩を震わせて泣くと、リドワーンが抱き締めてくれる。

「結局、私たちがアニーサを見誤り、そして理解していなかったんだな……」

「リドワ……」

「姉がどうしてアミンを私に託そうとしてきたのか、私は理由を考えることをしなかった。ただ、お前の血を引いたアミンを手に入れたことで寂しさを埋め、それで満足していた。だが、そこをきちんと考えないといけなかったんだ……」

リドワーンの気持ちを考えると、律もまた自分だけ悲しみに暮れていてはいけないと悟る。

「……きっとアニーサは君にだけは悟られたくなかっただろうから、君が気づかずにいてくれたことは、彼女にとって幸せだったんだと思うよ」

「律……」

「アニーサのことは、正直なところ、全部許せるかと言ったら、そうではないんだけど、ただ確かに感謝することもたくさんある。それに、アミンを遺《のこ》してくれたことは、本当にありがとうと言うしかないと思う……」

アミンには律の血も流れているが、アニーサの血も流れている。そしてこのアミンの存在がリドワーンの心を救ってくれ、そしてこれからの律とリドワーンの将来も実り豊かなものにしてくれるのは明らかだった。

それはアニーサが遺してくれた宝物だった。そして彼女が結び付けてくれた縁は、この先、律たちをより強くしてくれる気がする。

だから――――、アニーサの血が流れているアミンをリドワーンと二人で大切に育てて、幸せにしてやりたい。

「リドワーン、改めて言うよ。僕も君とアミンと一緒に人生を歩ませてくれ」

頭を下げて頼むと、リドワーンが両手で律の頰《ほお》を包み、律の顔を上げさせた。

「私こそ……本当はお前とアミンの人生なのに、そこへ入ってしまっていいのか？」

「何をいまさら弱気なことを言うんだ。昨日まで絶対アミンは渡さないぞって言ってたのは誰だよ」

冗談っぽく言うと、リドワーンが参ったなという表情を見せ、苦笑した。

「はは……それを言われると辛《つら》いな」

律はリドワーンの笑みを目にして安堵《あんど》する。そして彼の手に頰を預け、そっと目を閉じた。

「ううん……。昨日まで君が言っていた通りだよ。今までアミンの傍にいてくれたのは君だ。君とアミンの繋《つな》がりのほうがずっと強いんだ。だから僕がそこへ入れてもらう」

「律……」

「あ、でも、君が嫌だと言うのなら、僕は寂しく一人で日本へ帰るよ」

そう言って笑うと、彼の指先が律の下唇に触れた。

「嫌だなんて言わないさ……言わない。傍にいてくれ、律。本当はイギリスへ留学していた時から、ずっと傍にいてほしいと願っていた」

彼の指先が意図をもって律の唇を撫《な》でる。今すぐにキスをしてほしい。

「リドワーン……」

「愛している、律。こんなに弱い私でも、愛してくれるか?」

「君は普段は強いよ。だけど僕のことにだけ弱いんだろう? 愛されているって実感できて、逆に嬉《うれ》しいよ」

とうとう我慢できずに、律からリドワーンの唇を求めた。しっとりとした感触が律を幸せに導く。リドワーンの手が積極的に律の衣服を脱がせにかかった。だが、

「あの!」

いきなりタリーフの声が客間に響いた。驚いて律とリドワーンは動きをぴたりと止め、声のしたほうへと振り向く。そこにはバツが悪そうな顔をしたタリーフが立っており、視線をわざとらしく逸らしながら、言葉を続けてきた。

「あ……コホン。あの、お取り込み中のところ恐れ入りますが、アミン様が皆様と水族館へ行きたいと仰《おっしゃ》ってますが……」

「アミンが？」

　抱き合っているところをタリーフに見られたのが恥ずかしくて、律はさりげなくリドワーンの拘束から逃れようとするが、がっちりホールドされ、逃れることができない。思わず彼の二の腕を軽く叩《たた》いて無言で抗議するが、リドワーンは放そうとはしてくれなかった。それどころか律の抵抗などまったく気にしないようで、タリーフと会話を淡々と続ける。

「はい、アルディーン殿下が、せっかくファルラーン殿下がいらっしゃったなら、最近オープンした水族館へ行かないかと提案され、それを聞いていらしたアミン様も行きたいという話になり……」

「なるほど」

「アルディーン殿下がアミン様も一緒に連れていってくださると言われているのですが、一応、ご許可を、と思いまして参りました」

「律……」

　リドワーンはそこまでタリーフの話を聞くと、ようやく律に視線を移した。まさに今から抱き合おうとしていたのもあり、リドワーンの瞳に甘い色が含まれていた。だがその一方で、父親代理としてアミンを優先させたいという気持ちも伝わってくる。

　アルディーンがたとえアミンの面倒を見てくれると言っても、リドワーンはできるだけ親らしいことをしようとしているのだ。

僕もリドワーンを見習わないとな……。

リドワーンとの蜜事《みつごと》は少しだけ後回しにし、親としてできるだけアミンを優先したかった。今も水族館へ連れていってやりたい。

律の胸にも親としての自覚が生まれてきた。

「わかっているよ。今日はアミンと一緒に水族館へ行こう」

「いいのか？」

「父親としての第一歩だしね。君と一緒にアミンを育てたいから、家族としてアミンのしたいことをさせてやりたい」

「ありがとう、律」

「礼を言うのは僕のほうだよ。僕がいなかった間も、いつもアミンを優先してくれてありがとう」

「本音を言うと、律を優先させたい気持ちもあるんだ」

苦笑するリドワーンに律はそっと耳打ちをした。

「じゃあ、それは夜に」

途端、リドワーンの双眸が大きく見開かれ、再び律をきつく抱き締めたのだった。

煌《きら》めくような深いブルーの空間を、大きなアカエイが優雅にヒレを揺らし、まるで空を羽ばたいているかのように横切っていく。

ここ、デルアン王国に最近できた水族館は、世界最大級の水槽を有した、今一番人気の観光スポットだ。だが、本日はアルディーンが貸しきりにしたとのことで、律たち以外は誰もいなかった。

「いつも貸しきりにしているのか？　アルディーン」

ファルラーンが大きな水槽の前で魚を見上げながら尋ねた。

「いや、普段は一般客に紛れて、晴希《きさき》とお忍びで来るから貸しきりにしたことはない。だが、今回はさすがに王子四人に一人の妃に、伴侶《はんりょ》が一緒に行動するということで、貸しきりにしないと責任が持てないと警備から言われて、許可してもらえなかったんだ」

律は、アルディーンの説明を横で聞きながら、そうだよなぁと納得したが、一つ引っかかることがあった。

一人の妃に、伴侶？

辺りを見回す。慧からは既に第六王子のパートナーだと説明を受けていたので、まず『伴侶』は慧のことだろう。

妃？

そんな高貴な人物がもう一人――。

ふと、アルディーンの隣で楽しそうに水槽を見つめている晴希に目が留まった。

あの二人は恋人同士のはずだ。だが、そういえば晴希は新婚だと言っていたことを思い出す。そして第五王子も最近結婚をしたようなことを何かの記事で目にした。

え――？　ええっ!?

律の頭の中で一つの答えに結び付いた。

え？　ええっ？　晴希が妃ってことっ？

声にならない声を出してしまいそうで、口だけパクパクと動かしてしまう。

すると、ふと晴希と視線が合ってしまう。じっと見つめていると、晴希がにっこりと微《ほほ》笑《え》み返してくれた。

可愛《かわい》い……、じゃない。そうか、そういうことかもしれない。

今まで少し違和感を持っていたことにすべて上手《うま》く説明がつく。例えば、アニーサの陵墓で晴希と会った時のタリーフや、大学のカフェで晴希のことを尋ねた時の慧のおかしな言動など、すべてに合点《がてん》がいった。晴希は男性の妃なのだ。

そうか……それは重大な秘密だ……。でも――、でも、僕がリドワーンと一緒に生きていくことになったら、晴希からも秘密の話を教えてもらえるかもしれない。

そう考えると、これからが楽しみになってきた。ここで生きていくビジョンが少しずつ現実味を帯びる感じがし、律の心がワクワクし始める。するとアミンがこちらへと走ってきた。

「ちちうえ、あっちのトンネルに行きたい」

アミンが律の隣に立っていたリドワーンの袖《そで》を引っ張って、向こう側にあるトンネルを指さした。その先には真っ青なトンネルがあった。

大きな水槽に、そのまま通路を貫通させた水中トンネルで、まるで海の中に入っていくようにも思える。また、天井からは自然の光が入ってきているようで、きらきらと光っているが、左右からは人工的な青色の光が照らされ、幻想的な世界が作り出されていた。

「一緒に行こう」

リドワーンがアミンの右手を握る。するとアミンがもう一方の自分の左手を見つめ、律をちらりと見上げてきた。

可愛いなぁ……。

律はそう思いながら、勇気を出して頼んでみた。

「アミン、僕と手を繋いでくれる?」

「うん、いいよ」

アミンがぱっと満面の笑みを浮かべ、左手を律に差し出した。その手をドキドキしつつ握る。

初めて握った我が子の手だった。

やばい……泣きそう。

涙ぐむと、リドワーンが素早く律の目元に唇を寄せた。

「えっ！」

「フッ、誰も見ていなかったから、キスをした」

「うぅ……」

顔に熱が集まる。それを見てか、アミンが無邪気に笑った。

「ちちうえ、僕にもキスして〜」

「ああ、アミンにもキスをしないとな」

リドワーンは屈《かが》むと、アミンの頬にキスをした。

「ほら、律もアミンにキスをしてやってくれないか」

「え？」

リドワーンの提案にぎょっとすると、アミンが期待に満ちた瞳を律に向けてきた。これはキスをしないといけないパターンだ。

日本人はあまりキスには慣れていないんだ……と自分に言い訳をし、律は改めてアミンに声を掛けた。

「じゃあ、アミン……」

柔らかい頬にキスをする。途端、今まで経験したことのないほどの大きな幸福が律の胸に溢れ返った。

「律さま、涙が出てるよ？　どこか痛いの？」

「あ、うん……。ちょっと目にゴミが入ったみたいだ。すぐに取れるよ」

律は慌てて繋いでいないほうの手で目を擦った。するとリドワーンが急に口を開いた。

「アミン。律にずっといてほしいか？」

「わあ！　ずっといてほしい。いてくれるの？」

「いい子にしていたら、律がいてくれるかもしれないぞ」

「本当？　ねえ、律さま、いい子にしているから、僕とずっと一緒にいて」

きらきらした瞳が律を見上げてくる。

「あ……」

律の瞳から大粒の涙がぼろぼろと零れ落ちた。

「律さま、大丈夫？　お目目に入ったゴミ、痛いの？」

「はは、大丈夫。何だろう、なかなか涙が止まらないね」

「ほら、これで拭《ふ》いて」

リドワーンから手渡されたハンカチーフで目を押さえると、リドワーンがアミンの気を惹こうと話題を変えた。

「ほら、アミン、トンネルの天井にサメがいるぞ」

「わあ！　サメさん！」

アミンの気がサメに向いているうちに、律はごしごしと乱暴に目元をハンカチーフで拭き、一緒にサメを見上げる。

水槽を貫くトンネルの天井の部分を、ちょうどサメが横切ろうとしていた。大きな白い腹を滑《なめ》らかにくねらせ、真っ青な世界を泳ぐ。まるで宙に浮いているようにも見えた。

「凄《すご》い、サメさん、あっちにもいるよ！」

本当にスケールが壮大だった。頭上を大きなサメが何匹も泳ぎ、それを見上げるたびに、その近さに驚かされる。あまりにも非現実的な世界で、何かの映画のセットのようにも感じるほどだった。

だが、どこもかしこも青に染まった世界は、地球が青い星で、海が生物の起源であったことを思い出させてくれる心地よい空間でもあった。

後ろを振り向くと、慧や晴希たちもこちらへやってくるのが見える。アミンを挟んでリドワーンと三人で手を繋いで歩いていても、それを指摘するような人はいなかった。それがごく普通のことのように受け入れてくれている。

この地なら、日本を離れて暮らしていける――。

律は新たな人生をここで歩もうと改めて決意した。

長い水中トンネルを抜けると広間に出る。そこは三百六十度水槽に囲まれたエリアだった。水槽もブルーに輝くなら、床も水の色を反射し、美しいアクアブルーに染まっている。すべてが煌めくブルーに埋め尽くされ、まさに『青だけの世界』だった。

「凄い……」

名前のわからない魚が目の前の青く輝く水槽を泳いでいる。律の躰の大きさと変わらないような巨大な魚もいっぱいいた。圧倒的な青に呑み込まれそうになる。

リドワーンがアミンに引っ張られて水槽へ近づこうとすると、慧が声を掛けてきた。

「リドワーンは律と一緒にいたらいい。積もる話があるだろう？　アミンは私が見ているよ。アミン、あっちにもサメがいるよ」

「あ、サメさ～ん」

慧はアミンを連れて水槽の近くへと行ってしまった。

「……座ろうか、律」

円形の広間の中央に置かれているベンチにリドワーンが座る。そこからはぐるりと三百六十度水槽が見渡せるようになっていた。

水槽から溢れる光が、ベンチに座る二人を照らす。魚側から人間が見えないように、水族館の中は薄暗くなっているのだ。そのため水槽の青い光がそのまま床に映し出され、きらきらとしていた。

しばらく青の世界に魅入っていると、リドワーンが急に話し出した。

「離婚する際、姉上からおなかに律の子供がいるから匿《かくま》ってほしいと言われた……」

「リドワーン？」

「お前を諦《あきら》めるのに、どうしてもアミンを手に入れたかった。お前を幸せにできない代わりにアミンの幸せを傍で見ていたかったんだ。お前が今回、デルアンに来たことで、アミンを奪われるかもしれないと思い、いろいろと冷たく当たってしまった。許してくれ」

「僕も何も知らずにデルアンに来てしまって、ごめん。でも一つだけ、今だから教えてほしいことがあるんだ」

「何だ？」

「もし、僕が今回、デルアンに来ることができず、君に会わなかったとしたら……君は本当にアミンだけでよかったのか？　僕のことは欲しくなかったのか？」

それが今、一番聞きたかった。タリーフや皆が二人の復縁を取り持ってくれなかったら、今もきっとリドワーンと会うことはなかっただろう。もし会わなければ、リドワーンは律を自分の人生から排除したままだったに違いない。

リドワーンの答えをじっと待っていると、彼が水槽に視線を移し、そして口を開いた。

「……お前が欲しいに決まっている。ずっとお前に恋い焦《こ》がれていたんだからな。だが、お前を私の思いに巻き込んではいけないとも思っていた。アニーサを愛して未《いま》だ再婚をしないお前に、愛を告げる勇気なんてなかった」

「再婚しないのは、そういう意味ではなかったけど……でも確かに会って説明をしなければ、そう誤解されてもおかしくはないよな……」

「奇跡だと思う……」

「え？」

リドワーンの瞳がこちらに真っ直《ます》ぐ向けられる。律の心臓がトクンと甘く鳴った。

「律が私の傍にいてくれるなんて、奇跡だと思う。こんな日が来るとは思っていなかった」

「こんな日って？」

「律と隣同士で座って、そして――」

リドワーンの唇が律の唇にふわりと重なる。青い世界に浮かぶ影が一つになった。

「こうやってキスができる日だ」

「リドワーン……」

名前を呼ぶと彼が苦笑する。それで律はふと、留学時代のウィンブルドンでの出来事を思い出した。あの時はキスをしたわけではなかったが、それでもやっとあの時の自分たちに戻れたような気がした。随分と遠回りをしたものだ。

「律、こんな情けない男だが、お前がいないと生きていけないほど、お前のことを愛して

いる。どうか、結婚してくれ」

利那、煌めくアクアブルーが陰る。二人の目の前の水槽に一際《ひときわ》大きなアカエイが現れたのだ。まるで二人を祝福するかのように、大きなヒレをひらひらとさせている。

「わあ、大きなエイだよ、慧さまっ！」

アミンの声が響き、律はこの幸せな空間に、笑みを零さずにはいられなかった。そのままリドワーンにもう一度視線を戻すと、誰もが見惚《みと》れるほどの男が律を見つめていた。

「よそ見をしてくれるな、それだけでも嫉妬《しっと》で胸が圧《お》し潰《つぶ》されそうだ」

「アミンを見ただけだよ？」

「それでも、だ」

そう言ってリドワーンの唇が律に近づき、律の下唇を甘噛《あまが》みしてくる。何度も唇を愛撫《あいぶ》され、甘い吐息が漏れてしまいそうだった。

「リドワーン……こんなところでだめだよ」

彼の胸をやんわりと押すと、彼の唇が耳元へ移る。

「お前が意地悪をして、なかなか返事をくれないからだ」

「意地悪なんてしていないよ、もう……。返事なんて決まっているよ。イエスだ。逆に僕と結婚してくれないと困るよ。君に捨てられたら、生きていけない」

「それは私の台詞《せりふ》だ、律」

　リドワーンが今度は律の目尻《めじり》に唇を寄せた。

「なあ、リドワーン。以前、ブラッサムの出店の話、僕以外の担当者じゃないと認めないって言ったけど、あれ、撤回してくれるかな？」

「当たり前だ。撤回する。むしろお前でないと許可しないさ」

「職権乱用しすぎないか？」

「お前を引き留めるためなら、すべての権力を使ってやる」

　リドワーンは人の悪い笑みを浮かべると、律の唇にもう一度キスを贈ってくれた。


「え？　律、明日帰るのか？」

　律が水族館のショップでお土産《みやげ》を物色していると、リドワーンが初めて聞いたような顔をして驚いた。

「明日帰るのかって……君、本当なら今日、僕に帰れって、言ってたよ？」

「いや、あれは撤回する。すまなかった。それにいまさらだが、せっかくだからこのデルアンを案内したいし、これからのこともきちんと話し合いたい」

「うう……。僕もここにいたいのは山々なんだけど、さすがにちょっと仕事が滞っているから、一度日本に戻らないとならないいんだ。帰国後のスケジュールも組んじゃったし

「……」

「変更できないのか？」

「今回のプロジェクトで、僕も力量を試されているところがあるから、きちんと結果を出さないと、父や兄たちに認めてもらえないしね」

「え？　律、明日、日本へ帰るの？」

そこに晴希が声を掛けてきた。

「ああ、一旦《いったん》帰国するよ。それでもう少し準備をしてから、戻ってくるつもり」

そう答えると、晴希が少し眉《まゆ》を顰《ひそ》めた。

「明日、飛行機が飛ばないかも」

「え？」

「律、最近の天気予報を見てない？　明日の早朝から数十年に一度と言われるくらいの大《おお》砂嵐《すなあらし》が来るんだよ。たぶん一週間近くは飛行機が飛べないって言われている。今日、空港は利用客で大混雑だってニュースでもやってたよ」

「なっ……」

だから今日のフライトが取れなかったのだと気づく。

「リドワーンも知らなかったの？」

晴希が少し責めるような口調でリドワーンに尋ねる。

「最近、律といろいろあって、天気予報までチェックする余裕はなかった」

確かにアミンのこともあって、リドワーンが天気予報に気を配るほどの余裕がなかったことは律にもわかる。そして律自身も、だ。

「どうしよう……。ちょっと今日のフライト、キャンセル待ちしてみようかな」

「別に帰国を一週間延ばせばいいじゃないか」

リドワーンが提案してくるが、それはできれば避けたかった。

「いや、一日、二日ならまだしも、一週間はちょっと無理だ。会議はもちろん、工場や仕入れ先との打ち合わせや顧客回りも予定しているし……。もしすべてキャンセルにしたとしても、その理由にデルアンで砂嵐に遭《あ》ったって、まだ社外的に言いたくないしね。そこで何をしているんだってことになって、ライバル会社にデルアン進出を計画していることを知られる可能性があるから……」

「元妻の墓参りでいいじゃないか」

「できるだけ秘密裏に、且《か》つ有利に動きたいんだ。今回のプロジェクト、きちんと成果を出さないとプロジェクトリーダーをクビになって、このデルアンに来ることも難しくなるかもしれない。それだけじゃない。僕が支店長を任されるだけの力量があるって、周囲に認めてもらわないとならないんだ。その根回しにできるだけ時間が欲しい」

うう……と唸《うな》っていると、リドワーンが小さく溜息《ためいき》を吐《つ》いた。

「わかった。お前を引き留めたいが、今回の仕事を大切にするお前の気持ちを優先して、飛行機を手配しよう」

「え？」

「プライベート・ジェット機がある。今夜出発するなら、砂嵐の影響も受けないだろう」

「プ、プライベート・ジェット機っ⁉」

「ああ、そういえばリドワーン、この間、新しく買い替えたって言ってたね」

慧が横からひょっこりと顔を出し、そんなことを言う。

「先週、納品されたばかりだ」

「いやいやいや、ちょっと待って」

律は慌てて止めに入った。

プライベート・ジェット機で東京に戻ったら、絶対、両親や兄たちから何か言われるだろうし、アニーサを理由にしても、言い訳が苦しい気がする。

「律、遠慮しないほうがいいと思うよ」

「慧、別に遠慮じゃなくて……」

「あと、リドワーン、砂嵐の話が出た時点で、ジェット機出すって言えば、律もあれこれ考えなくても済んだんじゃないのかい？」

「言わなければ、砂嵐が収まるまで一週間、律がここに留まってくれると思ったから、言わなかっただけだ」

その言葉に慧が呆《あき》れたと言わんばかりに目を眇《すが》めた。だが律にとったら、そんなことをしてまで一緒にいたいと思ってくれたリドワーンにときめいてしまう。

「リドワーン、ありがとう。そしてごめんね。でもやっぱり、プライベート……」

「ちちうえ～」

そこに乳母《うば》に付き添われたアミンがやってきた。ダダッとかなりのスピードで駆けてきて、リドワーンの足にしがみ付く。

「ちちうえ、サメさんのぬいぐるみが欲しいの。買ったらダメ？」

「ああ、今日は皆と一緒に来た記念に、大きいサメを買おうか？」

「本当？　いいの？　ありがとう、ちちうえ！　あっちにサメさん、いるの。来て来て」

アミンが嬉しそうにリドワーンの手を引っ張っていってしまう。結果、律は怒濤《どとう》の流れについていけず、プライベート・ジェット機を断り損ねた。

「うぅ……」

唸っていると隣にいた慧が小さく笑った。

「いいじゃないか。律は仕事があるし、リドワーンは律と離れがたい。二つを解決するにはそれしかないよ。ぎりぎりまでここに滞在して、砂嵐が来る前にプライベート・ジェット機で出発すれば、問題ない」

「慧……」

「今回はリドワーンが恋心を拗《こじ》らせたせいで、市場調査があまりできなかったけど、次回、しっかりやろう。私も手伝うよ」

「申し訳ない。でも慧、助かるよ。ありがとう」

　慧の優しさに感謝する。だが、慧がバツの悪そうな笑みを浮かべた。

「いや、ちょっとした罪滅ぼしだよ。実は最初から、律に仕事をさせることが第一の目的じゃなかったんだ。あくまでもついでに少し仕事をしてもらう程度の予定だったんだ」

「え？」

　彼の言葉に、律は驚く。すると慧が説明を続けた。

「まあ、実は大学生のモニターを餌《えさ》にして、律をデルアンに呼んで、リドワーンと和解してもらう。あわよくば、リドワーンの恋心を成就させたいと思っていたから、皆で仕組んでいたんだ。ごめんよ」

「仕組んでいた……って」

　そういえば、晴希からも、アミンと会わせることを、タリーフと一緒に計画したと聞いていた。それに慧も、初めて会った時に怪しいことを言っていたのを思い出す。

『私は律の味方になろうと思っている。最初はリドワーンの味方になるつもりだったが、それだけでは問題の解決はしなそうだから……』

あの時も何か仕掛けていいそうな感じはしていた。

「あ、このことはリドワーンも知っていたよ。私たちにいらぬお節介だと言って怒っていたけどね」

「そんな……」

知らぬは律だけだったということか。

新たな事実に驚いていると、いきなりリドワーンの声が頭上で聞こえた。

何か柔らかいものが律の上に乗る。それと同時に今度はアミンの明るい声が響いた。

「律、はい」

「律さまとおそろいで買ってもらった！」

アミンは自分よりも大きいと思われるサメのぬいぐるみを引きずりながら抱えている。

そして律の頭の上に乗せられたものも、それと同じ大きさのサメのぬいぐるみだった。

「アミンが律にも買ってほしいって言ったのさ」

「え？」

リドワーンの説明に改めてアミンを見つめる。

「サメさん、律さまも好きかなって思って……。おそろいにしたの」

もじもじと恥ずかしそうに言うアミンに律はまた涙が溢れそうになった。『お揃《そろ》い』なんて、ここ最近体験したことがないものだ。それこそアミンがいなければ、この先もきっとなかったかもしれない。

　律の未来が、アミンによって美しく新しいものに変化していく。

「アミン、ありがとう」

　律の声にアミンの顔がぱっと花開く。既に親バカかもしれないが、世界一可愛い笑顔だと本気で思った。

「よかったな、アミン。律が喜んでくれて」

「うん！」

　アミンの声に、律がふと気が付く。

「あっと……アミンと僕のだけ？　リドワーンのは？」

「いや、私はいい」

「どうせなら、三人でお揃いにしよう。リドワーンのは僕がプレゼントするよ。アミン、それどこにあるか、教えてくれる？」

「うん、こっちだよ、律さま」

　アミンが嬉しそうに律の手を引っ張ってくる。サメのぬいぐるみを取り敢えずリドワーンに預けて、律はもう一つ買いに売り場へと行ったのだった。

　そして帰りの車のトランクには大きなサメのぬいぐるみが三つ並んで置かれることになる。

◆

Ⅶ

◆

夕食を終えた後、アミンは律《りつ》ともっと一緒にいたいとぐずったが、乳母《うば》のマリサに連れられて部屋へと戻っていった。リドワーンは途中、父親である国王から呼び出され、王宮へ出掛けたまま戻ってきていない。

「どうしたんだろう……」

律は部屋で時計を見ながら、リドワーンの帰りを待っていた。

もう出発しなければいけない時間なのに、リドワーンはまだ帰ってきていない。せめて出発までのひと時くらい一緒にいたいと願っていたが、それも叶《かな》いそうになかった。

やっと思いが通じて、恋人らしい関係になれた途端、日本へ戻らなくてはならないのはあまりにも辛《つら》い。

「はぁ……」

出るのは溜息《ためいき》ばかりだ。すると部屋の外が少しばかり騒がしくなったのがわかった。

「っ……」

律は部屋から飛び出した。もしかしたらリドワーンが帰ってきたのかもしれない。

「律殿」

だがそこにはリドワーンではなく、王弟殿下であるファルラーンとタリーフが立っていた。

「ファルラーン殿下……」

彼が少し深刻な表情をしているのが気になる。案の定、あまりよくない知らせを持ってきた。

「今、リドワーンは王宮で足止めされていると連絡があって、私が代わりに君を送っていくことになった」

「足止め……何かあったんですか？」

何となく不穏な感じがして、聞かずにはいられなかった。するとファルラーンの表情がわずかに曇る。

「実は、君を監禁していたことが国王陛下の耳に入って、今、詰問されている」

「え！　監禁って……何故《なぜ》そんなことに。僕が誤解だと弁明しに行きます！」

「いや、それだけではないんだ。アミンを養子にしたことを陛下に相談していなかったようだ。勝手に養子にしたことを咎《とが》められている」

「そんな……」

一ヵ月前にアニーサが亡くなったばかりだ。きっとバタバタして自分だけで決めてしまったのだろう。

「取《と》り敢《あ》えず、リドワーンは今、動けない身になってしまったから、彼から私が代わりに君を送っていくように頼まれた」

「動けない身って……」

リドワーンの思いも寄らぬ事態に、肝が冷える。

「リドワーンは何か処罰されるのでしょうか」

彼の身が心配だ。

「それは大丈夫だ。まあ、親子喧嘩《げんか》のようなものだからな。陛下も未婚の息子が、たとえ姉の子であっても親に内緒で養子にしたのが許せなかったのだろう。一応、王室典範に反するからな」

「お願いです。僕もリドワーンのために何かできることがあれば、お手伝いさせてください。リドワーンがアミンを引き取らなければ、きっとアミンは母親が亡くなって寂しさに圧《お》し潰《つぶ》されていたでしょう。彼が相談もせずに養子にしたことは問題だったかもしれませんが、それも急なことだったのですから、情状酌量の余地があるかと思います」

律が言いよると、ファルラーンがふっと笑った。

「大丈夫だ。律殿はリドワーンのことをそんなに心配してくれるのだな。ありがとう」

「でも……」

「そこまで心配しなくともいい。今も言ったが、親子喧嘩のようなものだ。陛下もある程度時間が経《た》てばお許しになるさ。大事《おおごと》ではない」

「殿下……」

「さあ、空港に行こうか。準備はできているかな？」

ファルラーンの声に、律は慌てて部屋に荷物を取りに行ったのだった。


夜の高速道路を走る。街灯の間隔が日本より狭く、街灯で道路を照らすというよりは、道路が光り輝いているように見える。街灯一つとっても、日本と使えるお金の額が違うというのが一目でわかるくらい明るい高速道路を、律とファルラーンを乗せたリムジンは、ひたすら空港へ向かって走っていた。

都市部を抜けると、空港まで砂漠を貫いて走っていくので、車窓は真っ暗で、時折金色の光が暗闇《くらやみ》にちりばめられたような景色が見えるばかりだ。

「短い滞在だったのではないかい？」

隣に座るファルラーンがふと口を開いた。

「ええ、結果的に五日間の滞在でしたので、本当にあっという間に過ぎてしまいました」

改めて思い返してみたが、いろんなことがありすぎて、とても濃い数日を過ごしたと言っても過言ではない日々だった。

この短期間で必要最低限の仕事をこなしながら、リドワーンと再会し、頑《かたく》なに拒絶され、そして周囲の協力のお陰でお互いの気持ちを通じ合わせることができた。本当に奇跡のような数日であった。きっと慧《けい》や晴希《はるき》、皆の助けがなければ、リドワーンとは永遠に平行線を辿《たど》っていたかもしれないと思うと、『奇跡』としか言いようがない日々である。

「殿下にもアニーサのことで、本当にお世話になりました」

改めてファルラーンに礼を言うと、彼が双眸《そうぼう》を細めた。

「アニーサは君のことを大切にしていたと思うよ……」

「え……」

「離婚したと言っても、君のことを気にかけていたよ。彼女の命が一般的な長さであれば、こんな無茶もしなかっただろう。君のことを大切に思っていたからこそ、私のところまでわざわざやってきて、君宛《あて》の手紙を置いていったに違いない。そうでなければ、アニーサが世界で一番大切だったリドワーンを、君に託すわけがないだろう？」

その言葉で、もやもやしていた律の感情がすとんと腑《ふ》に落ちた。そして同時に、この王弟殿下もアニーサのリドワーンに対する気持ちに気づいていたことを知る。

「ファルラーン殿下……」

律――。

目を閉じれば、アニーサの明るい声が聞こえるようだ。彼女の行動がすべて打算であったとは思いたくない。そこにわずかでもいいから、嘘《うそ》がない言動があったと願いたい。

「彼女が君にしたことは許されることではないが、今でなくても、いつか……そうだな、いつかは許してやってくれ」

律は小さく首を横に振った。

「……いいえ、許される側は僕なのかもしれません。アニーサが大切にしていたリドワーンを、これから僕が代わって支えていくのですから、彼女の許可を得るのは、きっと僕のほうでしょう」

するとファルラーンの手が律の肩を優しくぽんぽんと叩《たた》いた。まるで赤子をあやすような感じである。

「なら、もう許可を貰《もら》っているだろう？　彼女が、自分が亡くなった後は、君がリドワーンと幸せになってほしいと願っていたことは確かだよ、律」

「ありがとうございます、殿下」

彼の言葉に勇気づけられ、涙ぐみそうになる。するとしんみりした空気を掻《か》き消《け》すかのように電話の鳴る音が車内に響いた。ファルラーンのスマホだが、座席についているモニターにも繋《つな》がっているようで、ファルラーンはモニターの画面をタッチした。すぐに画面に日本人の青年が映る。

『ファルラーン、車?』

「ああ、直哉《なおや》、今、空港へ向かう途中だ。隣に座っているのが、リドワーンの恋人の律殿だ。律殿、彼が……」

「甘利《あまり》直哉……」

ファルラーンより早く彼の名前を口にした。

「ああ、律殿は直哉を知っているのか?」

「あっ……と、甘利さんは日本でも有名なタレントで、確か、今はニューヨークで俳優の仕事を……ああっ!」

ニューヨークと直哉という名前でいろいろ繋がった。

「殿下の言われていた『直哉』というのは……」

「ああ、彼が私の伴侶《はんりょ》、甘利直哉だ」

『初めまして、律さん』

「は、初めまして……あ、甘利さん……」

驚きすぎて声が上ずる。

「ところで、どうしたんだ?　直哉」

『仕事が予定より早く終わったので、明日の便でデルアンへ行こうかと思っているんですが、あなたの予定がどうなっているかなって……』

「こちらは明日から砂嵐《すなあらし》の予報で、飛行機の離発着は無理だろう。そうだな、行き先はデルアンではなくて、イタリア、ミラノ辺りはどうだ？　ミラノの空港で待ち合わせをしよう。飛行機を手配しておく」

『手配しなくていいですよ、普通の飛行機で行きますから』

「だめだ。直哉を他の男の目に晒《さら》したくないからな」

『あなたって、本当に……はぁ、わかりました』

「落ち合ったら、そのままミラノから南へ下って地中海へ出掛けるのもいい。リビエラ海岸沿いにちょっとしたリゾート地がある。ポルトフィーノというんだが、お忍びで行くにはちょうどいい場所だ」

『ポルトフィーノって……。そちらはいいんですか？　慧や晴希、それに甥御《おいご》さんたちと、せっかく会えたのに……』

「直哉を優先するさ。それに彼らも私の気持ちはわかってくれる」

二人の甘い会話を耳にしながら、律はなんだかここにいるのが申し訳なくなってくる。

誰が見ても邪魔者だ。だが律の気まずさに気づいてくれたのか、直哉は早々に電話を切り上げてくれた。

「甘利さんと口をきいてしまった……。うちの母に言ったら絶対羨《うらや》ましがりますよ」

「では母上に、直哉は私のものだから諦《あきら》めるように言っておいてくれ」

「え……あ、はは……」

それから空港に到着するまで、今度は惚気話《のろけばなし》を聞く羽目《はめ》になる律だった。


そのままリムジンは滑走路のアプローチで既に待機していたプライベート・ジェット機に横付けされる。

「ファルラーン殿下、ここまで送ってくださり、ありがとうございます」

「いや、姪《めい》や甥が掛けた迷惑を思えば、こんな些細《ささい》なことで礼を言われるまでもない。気を付けて日本へ帰られよ」

「はい、ではまたお会いできるのを楽しみにしております」

「ああ、ニューヨークへ来ることがあったら声を掛けてくれ」

律は何度かファルラーンに頭を下げ、そのままタラップを上る。上りきったところで振り向けば、夜のデルアンの風景が管制塔の向こう側に広がっていた。

リドワーン、また戻ってくるよ――。

王宮で足止めされているというリドワーンを思い、律はプライベート・ジェット機へと乗り込んだ。乗客は律しかいないため、ドアがすぐに閉められる。律は客室乗務員に当たるスタッフに誘導されながら、数シートしかない席へと案内された。

「後部は寝室になっております。ベッドをご用意しておりますので、横になりたい時は後部へご移動ください」

「あ、はい。ありがとうございます」

横になって寝られるのはありがたい。

「シャワールームは寝室の奥にございます。こちらもいつでもお使いください」

成田《なりた》空港のラウンジでシャワーを浴びようと思っていたが、ここでシャワーを使うことができるなら、到着後すぐに行動ができて助かる。

律はシートに座ると機内を見回した。ゆったりしたシートは、左右二席並びで三列ある。黒い上質な革で、躰《からだ》を包み込むような座り心地となっており、長旅の疲れも解消されそうな感じがした。

このシートならベッドでなくても、快適に寝られそう……。

律が目を瞑《つぶ》ってシートに沈んでいると、機体が動き出すのが感覚でわかった。目を開けて小窓から外を覗《のぞ》くと、中東一のハブ空港であるアバダ国際空港が目に入る。夜中になっても大勢の人で賑《にぎ》わっているようで、ターミナルは燦々《さんさん》と輝いていた。

ゆっくりと機体は方向転換をする。少しずつリドワーンがいるデルアン王国から離れていくのだと思うと、律の胸に寂しさが生まれた。

日本に帰りたくない――。

そんな風に思ったのは初めてだった。叶うことなら今からすぐに飛行機を降りたい。

恋心が疼《うず》いてしょうがなかった。

律は耐えられず小窓のシェードを閉めて、視界からデルアンの景色を遮断する。そして無理に目を閉じてシートに身を任せた。やがて重力が掛かったかと思うと、ふわりとした浮遊感を覚える。離陸したのだ。少しだけ左右にふわふわと揺れを感じながら機体は上昇していく。未練がましく、もう一度小窓のシェードを開けて外を見れば、街の明かりは遥《はる》か下のほうに見えるだけだ。

すぐに日本の仕事を終えて、今度は準備万端でデルアンに戻ってこよう――。

みるみるうちに宝石箱のようにきらきらと輝いていた明かりは後方へと流れていく。眼下は既に真っ暗に染まっていた。海の上に出たのだろう。

律は再度シェードを閉めて、シートの背もたれに躰を預けた。寂しさで心臓がじくじくと痛む。もう無理やり寝てしまって目が覚めたら日本に到着しているほうが、気が楽に違いなかった。

シートベルトサインが消えたら、スタッフの人に言って、ベッドで寝かせてもらおう。このシートもいいが、やはり横になって深く眠りたい。

そう思っているうちにサインが消えた。律はシートベルトを外して席を立った。すると声を掛けられる。

「どうした?」

「あ、はい……え?」

聞き覚えのある声に顔を上げると、そこには笑みを浮かべたリドワーンが立っていた。

「なっ、リドワーン! どうしてここに? 国王陛下に足止めをされていたんじゃないのか?」

突然の彼の登場に、律の頭は『?』でいっぱいになる。

「ぎりぎり間に合ったよ。まあ、でもこの飛行機は私が乗るまでは待機する予定だったから、ぎりぎりというのもおかしいかな」

「え? どういうこと? リドワーン、君、最初から一緒に乗るつもりだったのか?」

「ああ、そうでなければプライベート・ジェット機を出す意味がないだろう? そのまま律について日本へ行こうと思っていたさ」

「な……」

これは悲しみ損というやつじゃなかろうか……。

「どうして、そういうことを先に言わないいんだ? 僕はてっきり君とはしばらく会えないと思って、寂しかったのに――」

「いや、お前を驚かそうと思っていたんだが……。そうか私と会えなくて寂しく思ってくれたのか……すまない」

　すまないと口では言いながら、顔はにやけている。律が寂しがってくれたことに、どうやら喜びを隠しきれないらしい。

「もう、いいよ。それよりリドワーン、国王陛下のほうはよかったのか？　ファルラーン殿下から、僕のことやアミンのことでお咎めを受けているようなことを聞いたけど……」

「律のことは歓迎会も開かずに閉じ込めているとは何事だと父上に叱《しか》られたよ。それはまた律がこちらに戻ってきたら、改めて開催することになった」

「いいよ。そんな王族だらけの歓迎会、できれば遠慮したいから」

　考えただけでも緊張する。

「まあ、それは後々考えよう。あと、これから律と一緒にアミンを育てると言ったら、かなり驚かれていたがな」

「えっ⁉　そんなことを国王陛下に言ったのかっ？」

「養子に入れたことを父上に咎められたからな。それで、律とのことを報告せざるを得なくなった」

　は――――？

　何か聞き捨てならないことが耳に入る。

「ちょっと待って、リドワーン、君、陛下に何を言った？　いや、いい、やっぱり言わなくていい。聞いたら悲鳴を上げそうな気がしてきた」

「確かに今の律には刺激が強すぎる内容かもしれないな」

「うわぁぁ、そんな思わせぶりなことを言うな。じわりじわり首を絞められている気がしてくる。もういい、言ってくれ。僕を一気に殺してくれ」

「別に殺さないぞ」

「もののたとえだ。で、君はどんな恐ろしいことを陛下に言ったんだ？」

「結果だけ言うと、律と将来結婚するつもりだから、アミンを養子に入れるのは遅かれ早かれいつかすることだと、父を納得させた」

「は……い？」

内容に追い付けない。あれだけ律と恋人になることに足踏みをして、前へ進まなかったリドワーンが、吹っ切れた途端、一気に物事を進め始めていた。はっきり言って加速しすぎだ。ブレーキが壊れている。

「ただ、結婚式がいつになるかは未定だがな。これがシャディールも以前から結婚を目論《もくろ》んでいるから、取り敢えずはあちらが先ということになる。だが私たちには子供がいるから、もしかしたら先に結婚できるかもしれない」

もうどこから突っ込んでいいかわからなくなってくる。

「えっと……デルアンって男同士でも結婚できるの？」

お陰でちょっとずれた質問をしてしまった。

「公《おおやけ》にはできない。ただ、父上は同性婚にも寛容だから喜んでおられたな。たぶん身内で挙式することになると思う。あ……律、それでもいいか？　盛大な結婚式がよければ、海外でできるようにするが……」

「ちょ、ちょっと待って、なんだか急すぎて、頭がついていかないよ。まず、リドワーンと本当に結婚できることのほうがびっくりで……」

戸惑う律を、リドワーンがそっと抱き締めてきた。

「独占欲が強いんだ。律を何かで私に縛り付けておかないと不安で堪《たま》らないから、父たちを巻き込んで、お前が逃げられないように既成事実を作ろうと思っているんだが？」

悪戯《いたずら》っぽくそんなことを耳元で囁《ささや》かれる。

「そういう言い方されると怖いんだけど……。もう素直に僕が好きだから結婚したいって言えばいいだけじゃないか？」

「それもそうだな」

リドワーンがくすっと小さく笑う。

「でも僕の家族がどう反応するか……」

「大丈夫だ。説得する自信はある」

リドワーンがそう言って律の指先を持ち上げ、そっと唇を寄せた。

「さて、東京まで約十二時間のフライトだ。有意義に過ごさないか？　律」

「え……」

リドワーンの恰好《かっこう》よさにどぎまぎしていると、ひょいと抱き上げられる。

「おっとりした律も好きだが、今の私には焦《じ》らされているとしか思えないな」

「な、リドワーン！」

咄嗟《とっさ》にスタッフに見られていないか、周囲を見渡したが、誰もいない。どうやらリドワーンが全員を下がらせたようだ。

「新しく買い替えたばかりで、このジェット機に乗るのはお前が初めてだ。そしてベッドもだ」

機体の後部には大きなドアがあり、個室となっていた。木目調の個室は落ち着いた内装で、いたるところに桜の透かし彫りがされている。リドワーンが日本を偲《しの》ぶ様子が想像できてしまい、何とも恥ずかしくてむずむずしてしまった。

部屋いっぱいの大きさのベッドが設置され、ファブリック類も桜色で統一されている。そのシーツの上には花畑かと思われるほどの色とりどりの大量の花が敷き詰められており、どう見ても恋人たちのために用意されたベッドだった。その上に律は下ろされる。

「この花は……」

「大切な恋人を抱くのだから、精いっぱい準備したつもりだ。だが本音を言うと、桜を用意しようとしたんだが、さすがに急すぎて間に合わなかった」

　確かに夕方近くに帰ると決めたのだ。急も急だ。間に合うほうがおかしい。

「いつか、桜の下で律を抱きたい……」

「抱きたいって……」

　改めて言われて、顔が火照《ほて》る。

「ベッドはこの先もお前専用だ」

　言うや否やベッドに押し倒された。ふわりと花の甘い香りが鼻を擽《くすぐ》ったかと思うと、すぐにリドワーンが覆《おお》い被《かぶ》さってくる。

「リドワーン、君っ、盛り過ぎっ」

「愛する人を目の前にして盛らない男など、この世に存在しない」

「そんな……あっ……んっ……」

　唇を塞《ふさ》がれる。同時にリドワーンが手早く律の服を脱がせてきた。律も負けじと彼の民族衣装に手を掛ける。戯《たわむ》れるように二人で服を脱がし合い、一糸纏《いっしまと》わぬ姿でシーツに沈む。

　部屋のほとんどを埋め尽くす大きなベッドなのに、その広さを有効利用せずに肌を密着させた。触れる傍《そば》から皮膚が燃えるように熱くなる。

「リドワーン……」

愛《いと》しい人の名前を唇に乗せると、それを奪うかのように唇を重ねられた。

「何だ？　律」

ひとしきり唇を貪《むさぼ》られた後、リドワーンが甘く深い声で尋ねてくる。

「もっとキスして――」

「言われなくともするさ。キスもそれ以上のことも――」

「っ……」

恥ずかしくて頰《ほお》が紅潮するのがわかった。

「そんな可愛《かわい》い顔をするな。我慢できなくなるだろう？」

耳朶《じだ》を甘嚙《あまが》みしながらリドワーンが耳元で囁く。そして彼の腕が律の腰に回り、引き寄せた。刹那《せつな》、律の躰の芯《しん》に淫猥《いんわい》な熱が集まり出し、自然と律の腰が揺れる。

「私を待ちきれない様子だな」

「そんなこと、言うな……」

羞恥《しゅうち》で居たたまれなくなり、顔を両腕で隠した。だが、無防備になった足の付け根に彼が指を這《は》わせ、律の快楽を煽《あお》ってくる。

「あ……」

閉じていた足を開かされたかと思うと、そのまま後ろの割れ目に潜む蕾《つぼみ》の際を、するりと撫《な》でられた。

「あぁっう……ん……」

リドワーンと繋がったことがあるそこは、以前与えられた快感を覚えているのか、待ち遠しそうにひくつく。

「律のここは、私を待っててくれたようだな」

「どうしてそんなことをいちいち言うんだっ……」

「すまん、嬉《うれ》しくてつい……」

「嬉しくて、って……ひゃっ……」

突然リドワーンが律の胸を舌で舐《な》め上げた。じりっと焦げるような熱が下肢から湧《わ》き起こる。更にその熱は甘い痺《しび》れを伴い、凄《すさ》まじい勢いで尾てい骨から背筋を伝わって脳天まで貫いた。

「あ、だめ……っ……そこ……だめっ……」

「だめじゃない。いい、だ」

「ちが……あぁっ……」

濡《ぬ》れた乳首に彼の吐息がかかるだけで、じんとした痺れが生まれる。乳首がどうにかなってしまったようだ。

リドワーンは左の乳首を舌で舐めながら、右の乳首を執拗《しつよう》なほど擦り始める。

「んっ……や……」

指の股《また》に乳頭を挟まれ、くりくりと捏《こ》ねられた。彼の指の間から濃いピンク色に染まった律の乳首が見えて卑猥《ひわい》だ。だがその卑猥な様子を目にした途端、再び淫靡《いんび》な熱がぶり返し、律の下半身が大きく反応した。

「あっ……」

「今まで会えなかった分、もっとお前の声を聞かせてくれ」

彼の唇が律の胸から離れ、快感で涙に滲《にじ》んだ律の瞼《まぶた》にそっと触れる。ただそれだけなのに、じわりと律の躰の芯が痺れた。

「愛している、律」

瞼から目尻《めじり》へ、そして頬へと彼の唇が滑り落ちる。それから軽く鼻先にチュッと音がするような軽いキスをされた。

「リドワーン……」

「律……」

リドワーンが律の顔のあらゆるところへとキスを落とす。彼からの愛情が惜しむことなく律に降り注がれるのを感じた。その優しいキスに律の全身が甘く蕩《とろ》けていく。

「んあっ……はぁ……」

リドワーンの指は相変わらず律の乳首を愛撫《あいぶ》し続け、その先端のわずかな割れ目にそっと爪《つめ》を立ててきた。刹那、電流のような鋭い痺れが律の躰に走る。

「あぁぁっ……」

思い切り嬌声《きょうせい》を上げてしまい、律は慌てて自分の口を両手で塞いだ。自分だけが声を上げさせられているのが恥ずかしい。

「だめだ、律。もっと声を聞かせてくれ……」

「そん……な……あぁっ……」

「ほら、お前が声を聞かせてくれるだけで、私のこれは我慢できないと訴えてるぞ」

そう言って、リドワーンは己《おのれ》の大きく膨らんだ屹立《きつりつ》を律の下腹部へ押し当ててきた。

「あぁっ……」

熱を持った楔《くさび》は律の情欲を煽る。それを中に入れてほしいと律の躰中が訴えてきた。己の淫《みだ》らな感情はすぐに凄絶《せいぜつ》な快感へと変わり、律の理性を失わせる。

「綺麗《きれい》だ、律」

「リド……っ……」

リドワーンに散々弄《いじ》られた律の乳首は、ぷっくりと腫《は》れ上がり、真っ赤になっていた。彼が律の視線に気づいて、再び乳首に舌を這わせる。

誰をも魅了する容姿を持つリドワーンが、こんな男の膨らみもない胸に吸い付く姿を目にし、恥ずかしさと困惑でどこかへ隠れてしまいたくなった。

「今まで口にしたどんな果実よりも、この粒は甘くて美味《おい》しい」

「な、何を莫迦《ばか》なことを言って……うっ……」

リドワーンにペロリと舐められる。膨らんでじんじんと痺れる乳頭は、ちょっとした刺激でも敏感に反応してしまうようになっていた。

「本当さ、ほら、こんなに美味しい」

そう言いながら、リドワーンは律の乳首を口に含んだ。そして軽く歯を立てる。

「あぁっ……ふっ……あ……ぁ……」

びりびりとした快感が律を襲う。

「気持ちいいか？　律」

歯で軽く乳首を挟み、リドワーンが話し掛けてくる。絶妙な刺激に下半身が大きく膨らんだ。だが、大きく膨らんだのは、律だけではなかった。リドワーンの雄《おす》も律に共鳴するかのように硬さを増す。

口で咥《くわ》えられていないほうの乳首もしつこく弄られたせいで、こりこりとした芯を持ち始めていた。刹那、指の腹で乳頭をぐっと押し込められた。

「ふ、あぁっ……」

下半身から熱が弾《はじ》けそうになった。ただ乳首だけの刺激ではまだ達《い》けなかったことが幸いして、どうにか押し留まる。

乳首だけで達くなんて……あり得ない……っ……あ……。

　自分の躰がどんどんリドワーンによって塗り替えられていくのが怖い。だが同時に幸せを感じるのも確かだった。

「ずるい……僕ばかり、リドワーンに躰を変えられていくなんて……あぁ……っ……」

「それは私の台詞《せりふ》だ。私はお前以外、もう抱けない躰になってしまっているんだぞ。私の躰をそんな風に変えたのはお前だ。きちんとその責任はとってもらわないとな。そのためには持久力をつけてもらうぞ」

「そんな……じ、持久力って……はぁっ……」

「何度も何度も達っても、私を受け入れられるだけの体力をつけよう」

　リドワーンはそう言いながら、指先を律の乳首から、脇腹《わきばら》に沿って下肢へと滑らせる。

「そんなっ……む、りっ……君のが大きすぎて……いっぱいいっぱいなのにっ……これ以上持久力なんて……そんな……あっ……」

「ハッ……律、今のは私を煽っているのか？」

「え？　煽ってなんか……いな……あぁっ……」

　律の淡い茂みを指先で搔《か》き分けて、奥に秘する蕾にそっと指を這わせた。ぞくぞくとした痺れが律の神経をショートさせる。

「ここをほぐすぞ」

　そっと指を律の蜜部《みつぶ》へと挿入させる。既に潤滑油を使っているようで、リドワーンの指は抵抗もなく、するりと律の中へと入ってきた。

「んっ……」

この感覚にはなかなか慣れない。律は歯を食いしばって我慢した。一方リドワーンは指を中に挿入すると、既に律のいいところはわかっているようで、的確に律の快感を刺激してくる。

「あっ……あ、あぁっ……」

慣れた手つきで隘路《あいろ》を解《ほぐ》され、すぐに二本目の指を挿《い》れられた。熱で潤む肉壁が律の意思とは関係なく、リドワーンの指に絡みつく。

「あっ……だめ……あぁぁ……っふ……あ……」

「大丈夫だ、ほら三本目も入ったぞ」

左右に緩く指を動かされた。それだけで律の下肢にある蜜の実が痺れ、劣情が大きく頭を擡《もた》げた。

「もう……リド……ン……挿れて……もう、我慢……できな……いっ……」

刹那、膝裏《ひざうら》を乱暴に抱え上げられる。リドワーンの余裕のない顔が律の目に映った。

「リドワーン……っ」

「挿れるぞ、律」

慎《つつ》ましい花を散らすようにリドワーンの屹立が入ってくる。そのあまりの大きさに潤滑油を使っていても苦しくなるが、それでも律は耐えた。

「すまない、もう少し耐えてくれ……っ……」

「大……丈夫だか……ら……んっ……」

律の萎《な》えていた下半身にリドワーンの指が絡み、緩急をつけて優しく扱《しご》かれる。

「あっ……」

快感が再び律に湧き起こってくる。躰の隅々に熱が灯《とも》り、律の下肢が硬さを取り戻した。

「もう少しだ……律」

「あっ……リドワーン……っ……」

こんな奥まで受け入れられるのはリドワーンだけだ。リドワーンだから、この身を任せられるのだ。

愛しているから――。

躰の奥でリドワーンと熱を共有できる幸せを嚙み締める。今までこんな幸福感を味わったことはなかった。

「律……いい。上手だ」

律に覆い被さるようにしてリドワーンが腰を押し進めてくる。決して楽な体勢ではないが、彼ともっと躰を密着させたかった。

律はリドワーンの頬に触れたくて、その手を伸ばす。彼がふわりと優しく笑った。律も釣られて笑みを浮かべると、その手を乱暴に摑《つか》まれ、手の甲に唇を押し当てられた。

「お前は……また私を煽る」

「え……あっ」

いきなり抽挿《ちゅうそう》が激しくなる。容赦ない揺さぶりに、律は嬌声を上げるしかなかった。

「あぁっ……ふっ……はぁっ……」

痛みはとうになくなっている。繋がった部分からは快感が溢《あふ》れ、律の下半身が勢いよくそそり立った。それがリドワーンの引き締まった下腹部に触れ、激しく擦られる。

「ああっ……そん……な……激し……っ……いっ……はあぁ……」

「っ……このまま日本へ到着したら、私も律の父上にご挨拶《あいさつ》をしなければ……な……」

「え……」

快感の中で、何となくリドワーンの言葉に恐ろしさを感じた。

「な……あっ……何か……言った？　あぁう……ふっ……」

「ブラッサムのデルアン王国への進出を、全面的にバックアップしようと思っただけさ」

そう言って律の頬にキスをする。

「売り上げは心配しなくていいと、お前の父上には言っておかねば、な……」

「あっ……ふ……リドワーン、その言葉っ……怖い、んだけどっ……あぁっ……変なお金の使い方は……しないでっ……あっ……」

　一応念押しをしておく。

「ふっ、変なお金の使い方はしない。すべてお前の父上に気に入られるための投資さ」

「な……君、絶対、何か……あっ……もう、激しくする……なっ……あぁぁ……何か、企《たくら》んで……いる……だ、ろっ……」

「企むなんて……言葉が悪いな。大切な律を貰うんだ。それなりの懐柔策……じゃない、誠意を見せて、お前の父上に交際を認めてもらわないとな」

「今、懐柔策って言った……あぁぁっ……」

　律はリドワーンの発言を追及しようとしたが、彼の動きはまったく止まらず、思うように言葉にならなかった。リドワーンは、そんな律の腰をがっちりと摑んで容赦なく揺さぶってくる。

「あっ……あぁぁぁっ……」

　あまりの快感に我慢できず、律は呆気《あっけ》なく果ててしまった。だが、リドワーンの攻めは止まらない。それどころか一層彼のイチモツが大きく膨らんだ。

「ハッ……可愛いな、律……」

　目元にキスをしながら、腰を強く打ち付けた。

「な……だ、め……もう……あっ……父さんにちゃんと順序だてて……あぁ……話さないと……絶対、卒倒……する……からぁあぁぁっ……」

激しい抽挿につられて快感がぶり返す。

「くっ……律、締め付けすぎだ」

そう口にした途端、リドワーンが律の中に愛の蜜を放った。熱い飛沫《ひまつ》が律の中で弾ける。その刺激で律もまた短く射精してしまった。

「んっ……はぁ……っ……」

だが、リドワーンの吐精はなかなか止まらなかった。律と繋がっている部分の際から溢れそうな感じさえする。彼の射精が続く間、律に快感が繰り返し押し寄せ、そのたびに彼を強く締め付けてしまった。

「あっ……あ……あ、あ、……」

浮遊感に襲われながら、躰の奥で未《いま》だ勢いを衰えさせない雄に翻弄《ほんろう》される。長い吐精に耐えていると、再びリドワーンの腰が動き始めた。

「え？　ちょっと……」

困惑する律をよそに、リドワーンは律の腰を強引に引き寄せ、己の欲望を更に奥へとねじ込んだ。

「あっ……どうして……そんなに大きい……っ……」

「だからそんなに大きい、大きいと言って、煽るな」

「煽ってないっ……あぁ……っ」

「東京まで十二時間だ。時間を有効に使わないと、すぐに到着してしまう」

なにやら恐ろしい言葉を耳にする。律は慌ててリドワーンを制止した。

「ちょっと待って、リドワーン、十二時間って……」

「デルアンと東京間のフライト時間だが？」

「そ……そういうことを聞いているんじゃなくて……ああっ……」

快感に熟《う》れた肉壁をゆるりと擦られて声を上げる。甘くて、腰が砕けそうだ。

「諦めろ、律。年下の彼氏を持つということは、もっと体力をつけないといけないということだ」

「リドワーン、そういう時だけ年下とか……ひゃっ……四つしか、違わな……い……ふぁっ……あぁ……」

「年下の我儘《わがまま》だ、許せ、律」

「もうっ……」

口では文句を言いながらも彼に身を任せた。すると彼が何かを思い出したように律の耳元で囁いてきた。

「ああ、あと、デルアンに戻ったら、忙しくなる前にローマへ行こう」

「ローマ？」

意味がわからずリドワーンを見上げると、彼の双眸が優しく細められた。

「アッピア街道をスクーターに乗って南下したいんだろう？　今度こそ一緒に行ってみよう」

「リドワーン……覚えていてくれたんだ」

「当たり前だ」

四年前のロンドンでふと口にした一言を、彼が大切に覚えていてくれたことに、律の胸が熱くなった。

「ありがとう、リドワーン」

律がリドワーンの背中に手を回すと、彼の背後の小窓からは星が輝く綺麗な夜空が見えた。どこまでも続く夜空は、律を幸せな未来へと導いてくれそうな気がした。

◆ エピローグ ◆

一年後、デルアン王国――。

「だから、修一郎《しゅういちろう》兄さんも隼人《はやと》兄さんも来なくていいから」

律《りつ》はパソコンの画面に映る長兄と次兄に向かって懇願していた。

『いや、律が支店長としてデビューするんだ。ここは兄として絶対その晴れ姿を見に行かなければならない』

『そうそう、俺たちの可愛《かわい》い律が、まったく日本に帰ってこないんだ。俺たちが行くしかないじゃないか』

兄バカと言うべきか、律が生活拠点を日本からデルアンに移した途端、兄たちが律に必要以上に構うようになったのだ。

突然の弟の自立に、きちんと弟離れができていなかったと言うべきだろうか。すっかり過保護な兄たちになっていた。いや、本当の原因はリドワーンの存在にあるのかもしれない。

一年前、リドワーンを伴って日本へ一時帰国した際、彼は律の自宅へとやってきて、とんでもない爆弾を律の家族に落としたのだ。

＊＊＊

「律を、お？　お嫁さんに、くださ、い――――」

どこでそんな言葉を覚えたのか、たどたどしい日本語で、リドワーンは社長である父と兄たちに会った途端、そんなことを言ったのだ。

もちろん律と相談した上での発言ではない。律もいきなり隣でそんな爆弾を投下されて、身も心も吹っ飛んだのは言うまでもない。

「はぁ⁉」

まず変な声を上げたのは次兄の隼人で、お茶を噴き出したのは長兄の修一郎だったと思う。父はぎこちない笑顔で固まっていた。だが父はすぐにリドワーンが日本語を間違えていると思ったようで、穏やかな口調で律に尋ねてきた。

「律、リドワーン殿下は何と言われているんだ？　日本語が少し間違っているようだが」

「あの……その……」

「もう私たちの間には子供も生まれている」

今度のリドワーンの言葉で、家族全員が固まる。だが父が辛《かろ》うじて咳払《せきばら》いをして言葉を続けた。

「律、説明しなさい。お前には子供は産めないはずだ。どういうことだ？」

「あ……それはですね、父さん……」

アニーサとの子供のこともまだ判明したばかりだったので、家族にはまったく説明していなかった律は、一生分の冷や汗をかいて、父や兄たちにアニーサや子供のことを、そしてリドワーンのことを説明する羽目《はめ》になったのだった。

＊＊＊

あれから兄たちは『リドワーンに脅されているのではないか？』とか、『まさかブラッサムの出店の件で躰《からだ》を要求されたのか？』とか、『男は顔じゃないぞ。あんなイケメン、絶対に怪しい。別れたほうがいい』などなど、いろんな疑惑を妄想しては、律にリドワーンと付き合うのをやめろと言ってきている。

「付き合うというか、もう国王陛下にも認めてもらっているから実質上、伴侶《はんりょ》のようなものなんだけどな……」

『何か言ったか？　律』

律の独り言《ひとごと》に、画面越しに修一郎が反応した。

「ううん、それより、とにかく兄さんたちが来る必要ないから。父さんだけで充分だよ」

そう言うと、兄たちが不満げに表情を歪《ゆが》める。すると、律の背後からリドワーンが声を掛けてきた。

「律、そろそろ出掛ける時間だぞ」

律が振り向くよりも早く、リドワーンが兄たちに見せつけるように背後から律を抱き締めたかと思うと、律の目尻《めじり》に口づけをした。

『うわぁ！』

『律っ！』

画面の中の兄たちはまさに阿鼻叫喚《あびきょうかん》のあり様だ。

「リドワーン、わざと兄さんたちを刺激しないで」

「フン、義兄上《あにうえ》たちも諦《あきら》めが悪いな。律はもう私のものだというのに」

どうだ、と言わんばかりに兄たちに挑むリドワーンに、律は頭が痛くなる。だが、

「律ぱぱぁ、早く水族館に行こうよ」

アミンが部屋へと走り込んできて、椅子《いす》に座っていた律の膝《ひざ》の上に顔を乗せてきた。さすがにこれには律の目尻も下がる。

「ごめんね、アミン。すぐ行くよ。兄さんたち、僕は今日、有休だからこれで切るから

ね。あっと、日本も猛暑だと思うから、体調に気を付けてね。じゃあ」

画面越しに兄たちが何か叫んでいたが、いつものことなので通信を切った。

「遅くなってごめんね。リドワーン、アミン、行こうか」

律はアミンを抱き上げ、リドワーンに笑みを向けた。リドワーンは律の頬《ほお》にキスをすると、アミンの頬にもちゅっとキスをして笑みを零《こぼ》した。

「今日は三人でイルカショーを見るんだったたな、アミン」

「うん、イルカさん見る！　でもサメさんも見るからね！」

元気に答えるアミンをリドワーンは律から受け取ると、肩車をして部屋から出ていく。

律はその後ろ姿を見ながら、ふとパソコンに目を向けた。

パソコンの隣には大きなサメのぬいぐるみが三つ仲良く並んでいる。

幸せだ――。

律はじっくりと幸せを噛《か》み締《し》めた。じわりと胸に愛《いと》おしさが込み上げる。

「律ぱぱぁ、どうしたの？」

アミンが呼ぶのを耳にし、律は笑顔を浮かべて慌てて後を追った。

ここはリドワーンとのハレム、楽園だと思いながら――。

あとがき

こんにちは。または初めまして、ゆりの菜櫻《なお》です。アラビアンシリーズ第五弾になります。これも皆様が読んで応援してくださったお陰です。ありがとうございます。

さて、今回は第七王子のお話になります。今までとは少し毛色を変え、謎《なぞ》を含んだストーリーにしてみました。

受けのことは、いらないとか言いつつ、大好きな受けを偲《しの》べるよう、自分の部屋だけでなくプライベートジェット機まで特別発注する、ある意味、恋愛を拗《こじ》らせた攻めの話です（おい・笑）。そんな攻めですが、一旦離れ離れになった赤い糸が切れかかった時、傍《そば》にいてくれた仲間たちの助けもあって、本来あるべき場所、愛する受けへと結ばれていきます。謎に翻弄《ほんろう》された恋人たちが、最後に勝ち取る幸せを一緒に祝ってくださると嬉《うれ》しいです。

さて、今回はあとがきを三頁いただいたので、裏話を書いていこうと思います。

まずは、晴希《はるき》が王族の陵墓に来ていたのは、アルディーンの亡くなったお母さんの墓参りという設定でした。アルディーンのお母さんは第二王妃になるのですが、彼が幼い頃に病気で亡くなっています。そういうことから晴希は、忙しいアルディーンの代わりに時々墓参りに出掛けています。

あと、今回のアニーサと律《りつ》のロンドンでの出会いは、私の体験談をもとにしております。私はBL作家になってからロンドンに一ヵ月だけアパートを借りて語学学校に通ったことがあります。その際、なんと、お父さんがトルコの富豪の女性とお友達になりました（笑）。

出会いはこのストーリーと同じで、ロンドンの街角で迷子になっていたトルコ人女性に声を掛けたことから始まります。すると彼女は、私が通っている語学学校に行きたいと言うではありませんか。あまりの偶然に、私はついでということもあり彼女を学校まで送り届けました。うん、ここまでは今回のストーリーと一緒ですが、彼女を届けた先にはリドワーンのようなイケメンはいませんでした。残念（笑）。

そして翌日、驚くことに、彼女が私のクラスに転入してきたのです。二十クラス以上はあるんですよ。なのに私と同じクラスなんてミラクル。どこかの漫画みたいな展開です。

彼女は私を見た途端、大喜びで、それから数週間、一緒に過ごすことになりました。

彼女はお父さんが大会社の社長で、しかもリゾートホテルも経営しているので、『いつでもホテルに泊まりに来て。招待するわ。どれだけ泊まってもいいわよ。私はいないけど、お父さんに話しておくわね』と、さすがセレブみたいなことを言っていました（しかし、私はいないけどって……笑）。

ロンドンは一応語学留学でしたが、学校を休んでは市内観光をしたり、地方へ旅行に出かけたりしていたので、英語は上達せず。あと、半日ほど、ビッグ・ベンの見える場所で何もせずに、ぼぉっとして過ごすという最高の贅沢《ぜいたく》もしていました（笑）。

ロンドンは私の中では、他の街とは別格で、たぶん前世はロンドンに住んでいて、日本に憧《あこが》れていたんだろうなって思うほどです。どんな前世（笑）。ちょっと脱線気味になってきましたね。軌道修正せねば。

素敵なイラストを描いてくださったのは、兼守美行《かねもりみゆき》先生です。キャラ**ラフ**がかっこいいし、またアミンが可愛《かわい》いしで、目の保養で嬉しいです。いつもありがとうございます。

そして担当様、今回もいろいろ相談に乗ってくださってありがとうございました。アミンが可愛すぎて、私が『アミンがサメのぬいぐるみを抱いているシーンをイラストに』とお願いした際に『もう三枚、アミンが出ているシーンを指定しているので……』との返答をいただいた時は、『三枚！　私の上をいっている』と密《ひそ》かに思ったりしました（笑）。またよろしくお願いいたします。

あ、そういえば、もう一つ裏話が。アミンには『誠実な』という意味があります。アニーサは、この子には誠実に生きてほしいと願ったのかもしれません。

最後になりましたが、ここまで読んでくださった皆様、ありがとうございました。少しでも楽しんでいただけたら嬉しいです。またお会いできることを楽しみにしております。

『アラビアン・ハーレムナイト　～夜鷲王《やしゅうおう》の花嫁～』、いかがでしたか？
ゆりの菜櫻《なお》先生、イラストの兼守《かねもり》美行《みゆき》先生への、みなさまのお便りをお待ちしております。

ゆりの菜櫻先生のファンレターのあて先
〒112-8001　東京都文京区音羽2-12-21　講談社　文芸第三出版部「ゆりの菜櫻先生」係

兼守美行先生のファンレターのあて先
〒112-8001　東京都文京区音羽2-12-21　講談社　文芸第三出版部「兼守美行先生」係

N.D.C.913　254p　15cm

ゆりの菜櫻（ゆりの・なお）

講談社X文庫

２月２日生まれ、O型。

相変わらず醬油味命派です。

おやつは、醬油味のゴマ入りせんべいが一番好きです。

日本の醬油がないと生きていけない。

Webサイト、ツイッターやっています。よろしければ「ゆりの菜櫻」で検索してみてください。

white heart

アラビアン・ハーレムナイト　～夜鷲王《やしゅうおう》の花嫁《はなよめ》～

ゆりの菜櫻《なお》

●

2021年２月３日　第１刷発行

定価はカバーに表示してあります。

発行者――渡瀬昌彦
発行所――株式会社　講談社
東京都文京区音羽2-12-21 〒112-8001
電話　編集　03-5395-3507
販売　03-5395-5817
業務　03-5395-3615

本文印刷－豊国印刷株式会社
製本―――株式会社国宝社
カバー印刷－半七写真印刷工業株式会社
本文データ制作－講談社デジタル製作
デザイン－山口　馨

ISBN978-4-06-521558-6

ホワイトハート最新刊

アラビアン・ハーレムナイト

～夜《や》鷺《しゅう》王《おう》の花嫁～

ゆりの菜櫻　絵／兼守美行

灼熱の王宮で、美形王子に執着されて──。亡くなった元妻を弔うためデルアン王国を訪れた律は、彼女の弟のリドワーン王子と再会する。元妻の子供をめぐり彼と対立した律は、宮殿に監禁されてしまい……!?

霹靂《へきれき》と綺羅星《きらぼし》

新人弁護士は二度乱される

藤崎　都　絵／睦月ムンク

再会した亡兄の親友は、危険な香りがした。新人弁護士の雨宮佑は、依頼人の仕事がらみで亡き兄の親友・鳴神柾貴と鉢合わせする。一枚も二枚も上手な柾貴のペースに乗せられ、佑は身も心も翻弄されるが……。

狗《いぬ》の王

ふゆの仁子　絵／黒田　屑

一族の王になるべき者に抱かれるのは運命。真上ランは、神の造形物のように美しい男・フェンリルと出会う。直後、体に異変をきたしたランは、熱病にうかされたように初対面のフェンリルに抱かれてしまった。

ホワイトハート来月の予定（3月5日頃発売）

閻魔の息子……………………………樹生かなめ

VIP　宿命……………………………高岡ミズミ

※予定の作家、書名は変更になる場合があります。